楽しい透析

ユダヤ研究者が透析患者になったら

佐川和茂　著

はしがき──ユダヤ研究者、透析患者となって

僕は二十代の半ば頃よりユダヤ研究のとりこになり、文学、歴史、宗教、商法に絡めて、それを四十年以上楽しんできた。

そもそも僕はなぜユダヤ研究に惹かれたのか。それは、十八歳で就職した郵便局を二年で辞め、ともに英語を学んでいた友人の援助によって、在日米軍基地で働き始めたことが契機だった。

結局、米軍基地で十一年七ヶ月を過ごすことになるが、そこでは日本社会とは異なる環境や言語の下で仕事をした。また、ほとんど同時に、夜間大学に通い始めたが、そこで出会ったのがユダヤ系アメリカ作家バーナード・マラマッドである。彼の作品では、東欧より渡米したユダヤ移民たちが、異なる環境や言語に苦しみながらも、新しい生活を築こうと奮闘していた。それが、当時、同様の状況で苦闘していた僕の心に響いたのだ。

それ以降、勤労学生として、夜間大学、そして大学院まで終えた。それから非常勤講師と

なり、ようやく大学で専任職を得、そこで三十七年間の勤務をした。

この間ずっと、ユダヤ研究という巨大な対象に立ち向かい、あたかも樫の巨木を噛み倒そうとする小さな蟻のような気持ちで、ユダヤ文学・歴史・宗教・商法の研究に取り組んできたのである。

ところが、十年ほど前（二〇〇八年四月）より慢性腎不全のために透析を余儀なくされた。それは少なからず衝撃だったが、その時、病院の婦長さんに言われたことがある。「たいていの患者さんは、透析に入ると鬱になるけど、あなたは案外すんなりと馴染んだわね」と。「透析を始めた時、鬱になりましたか？」とほかの患者さんに尋ねたわけではないが、それは長年医療に携わってきた婦長さんの言葉であるから、事実なのだろう。

実際、僕の場合、心配は「これでユダヤ研究に支障が出ると、困るなあ」だった。ところが、透析ベッドで試行錯誤した結果、ベッドに起き上り、片腕を拘束された状態ながら、読んだり書いたりパソコンを打ったりできるではないか。結局、透析を受けるようになっても研究に支障はないのだ、と分かった時はうれしかった。こうした模索に忙殺され、鬱になる暇がなかった、というのが実情である。

そこで、透析患者となったユダヤ研究者として思う。こうした逆境に陥った時、いかに生きてゆくのか、と。僕は、透析自体を悲劇と思わないが、その後の生き方次第で、それは悲劇になるのではないか、と心配している。

「人は生まれ出た瞬間から、死に向かって歩いてゆく」とは、『鬼平犯科帳』、『仕掛人藤枝梅安』、『剣客商売』などでおなじみの池波正太郎さんの言葉だ。池波さんの作品には、人の生涯の運営を考えさせる内容が多い。

おそらく透析患者の場合、その平均寿命は短縮されているだろう。常時働くべき腎臓が、透析の間しか機能していないのだから、無理もない。それなら、健常者より早く死に向かっているかもしれない状態で、いかに生きるか。

その答えは、時間や生活の質を上げてゆくことだろう。ユダヤ系経営学者のピーター・ドラッカーも同様のことを述べているが、それによって、短い人生を補うしかないのだ。

結局、透析をしながら、時間や生活の質を上げるよう努め、自己を掘り下げ、残された人生で生涯学習や生涯運営計画を実践してゆくしかない。ちなみに、村上春樹さんも、自己を深く掘り下げることを、作品中でよく述べている。自己を深く掘り下げることによって、自己の核やすそ野が構築され、なすべき仕事に集中できるようになるのだろう。

たとえ透析患者、難病患者となっても、生きている限り、生涯運営計画を築いてゆかねばならない。単に呼吸をして生きながらえても、あまり意味はないのだから。

本書の目的は、そのための具体的な戦略を練ることである。

高齢化社会を迎える日本にあって、透析患者、難病患者の生き方は、決して他人事ではないだろう。今日は健常者であっても、明日は難病患者になるかもしれない。仮にそうなったら、いかに自己を支えてゆくのか。

透析患者、難病患者の生き方の模索は、高齢化社会の先駆けとなるだろう。

目次

はしがき——ユダヤ研究者、透析患者となって
三人の闘病生活……1
三浦綾子さん……5
ヴィクトール・フランクル……9
八十代のおじいちゃん……13
読書法の工夫……17

独りで遊べる玩具……21
犬と生きる……24
歌ひとすじに……28
映画とテレビ……33
食べる楽しみ……38

語学学習……44
自分史を書く……49
時間の質を上げる……53
仕事以外の真剣な趣味……58
得たもの、失ったもの……61

カウンセリング……66
ミッション……71
ちょっとした工夫……74
逆転の発想……80
流浪と透析ベッド……85

ユーモア精神……90
精神的に折れない……94
第二の人生……98
非営利組織の働き……102
ユダヤ研究者が透析患者になったら……106

生涯学習について……112
障害者と生涯運営計画……119
楽しい透析……127
最期を飾る……132

あとがき……136
著者紹介……141

三人の闘病生活

慢性腎不全も含めて、人は長い人生において病気と道連れになる場合が少なくない。ここでは三人の闘病生活を挙げてみたい。

星野富弘さんは、中学校の体育教師であったが、鉄棒より落下し、全身の機能を奪われた。それでも彼が病床で実践したことは、まだ動く口に絵筆をくわえ絵や文字をしたためることだった。試行錯誤の末に創作された『風の旅』や『鈴の鳴る道』などには、読者に生きる勇気を与えてくれる植物画や味わい深い文章が含まれている。その絵や文章は、かつてのベストセラー作家、武者小路実篤の作品を連想させるところもあるが、星野さんの絵は暖かく、文章もほのぼのとした内容である。

透析中に片手でパソコン操作をしている僕は、星野さんの仕事に驚嘆しながらも、常にそれに励まされている。ホロコースト生存者ヴィクトール・フランクルの言葉が甦ってくるのはこのようなときである。「避けがたい苦難など、人生の悲劇的・否定的な局面でさえ、人の達成に変えることができよう。それは不遇に対し人がいかなる態度をとるかによるのである」(『意味への意思』)。

いっぽう、多田富雄さんは、高名な免疫学者として、また国際免疫学会の会長として、高い峰を飛び回るような人生を送っていた。ところが、ある日、発作に倒れ、生命は取り留めたものの、左手を除いて身体の諸機能や言語能力を損なわれた。こうした地獄への急降下による打撃を克服するだけでも多大の精神力を要したであろうが、多田さんは、さらに、残された左手でゼロからパソコン操作を学び、闘病生活の中で『寡黙なる巨人』、『私のリハビリ闘争』を含む数冊の著書をまとめたのである。

そして、三浦綾子さんは、『氷点』、『銃口』、『塩狩峠』など多くの作品で有名な作家であるが、その『難病日記』にも表わされているように、夫の助けを得ながら、口述筆記によって、最後まで作家業を全うした。神のご意思を問い、生かされてある日々に感謝し、他者を気遣う姿勢は一貫しており、三浦さんの作品はほのぼのとした読後感を与えてくれる。夫は、宗教家であり歌人であるが、『妻と共に生きる』などを著している。夫自らも病弱でありながら、難病の妻を日夜介護し、共に与えられた仕事にいそしむ姿には、深い感銘を与えられる。

これら三人の例は、中野孝次さんの『いのちの作法』にも見られるように、病を得て死を強く意識することによって、濃密な生を営むことに成功している。絶望的な状況においてさえ、それに対して取った態度によって、生きる目的や意味が明確にされ、生産性を挙げているのである。「されば人、死を憎まば、生を愛すべし。存命の喜び、日々に楽しまざらんや」(『徒然草』)。

さて、星野さん、多田さん、三浦さんの状況を、自分の立場に置き換えてみることによって、見えてくるものがあるだろう。異なる立場を見ることによって、何か新しく生きる工夫がわいてくるかもしれない。

すなわち、病を得て、健常者には見えないものが見えてくる。そこで、些事を捨て、本質的な物事に集中するようになるかもしれない。それによって精神力が向上する。

前述したように、僕も透析ベッドで仕事をしているが、仮にこれが三十～四十年前であったなら、透析機械や保険制度の不備によっておそらく生きていられなかったことだろう。そこで、感謝の気持ちが、僕を生産性へ駆り立てるのである。

透析室でも、音楽を聴く人、独り将棋をする人、本を読む人、書写をする人、絵を描く人、歌を詠む人、パソコンゲームをする人、ＤＶＤを観る人、等々、多様性があってよい。多様性があってこそ、人生は美しい。

一様にテレビを透析ベッドに配置するような行為は、病院側のサービスであるかもしれないが、それはかえって患者の自律性や多様性を奪うものではないか。

三浦綾子さん

三浦綾子さんの『泥流地帯』や『続泥流地帯』における泥流とは、確かに、十勝岳の噴火によって溶けた積雪が巻き起こしたものだろう。と同時に、泥流とは、象徴的な意味において、突然われわれの生活を襲う悲劇を指すのかもしれない。

ここで問われるのは、そうした悲劇に僕たちがいかに対処するかということだろう。その明確な答えが、『続泥流地帯』に出ている。すなわち、「それを運命だと思ってしぼんでしまうか、あるいは、それを試練だと思って立ち向かうか」。

拓一や耕作の兄弟は、そして彼らの母親は、それを試練だと思って、立ち上がってゆく。拓一は、荒地に立ち向かい、それを稲作の田んぼに変え、これから百年や二百年後も人々がおいしい米を食べられるよう奮闘する。彼は、おそらく福子と結婚することだろう。たとえ父親の借金のかたに商売女になった福子であっても、心の純潔さを失っていない娘である。口さがない世間は、いろいろ言うかもしれないが、拓一と福子は、それなりに幸福な人生を送ることだろう。今後も、苦しい稲作の作業は続き、世間のうわさとの闘いは続き、借金を返す闘いは続くことだろうが、拓一たちは、それを挑戦と受け止め、精神的に折れず、食べ物を作るという重要な仕事にまい進してゆくことだろう。

いっぽう、弟の耕作は、子供の教育という大切な仕事に従事し、看護婦や産婆を目指す節子と一緒になって、兄夫婦を助けてゆくことだろう。

ところで、「自分は何を書くか」。このことが分かっている人は、どんな状況においても執筆ができるのだろう。

かつて三浦綾子さんについて不思議に思ったことがある。処女作の『氷点』を執筆していた時代のことである。三浦さんは当時、雑貨屋を営んでいて、多忙だったはずである。その仕事が終わり、翌日の準備などをしてから、寝床に入り、冬はかじかんだ手を温めながら、執筆を続けたという。

三浦さんは、「優先事項を重点的にやる」、そして、「その日にできることをやる」(『この土の器をも』)とこともなげに言うが、たいしたものである。自分は何を書くか。それがきちんと分かっていたからこそ、雑貨屋の業務をこなしながら、原稿用紙で何千枚も書き溜め、ベストセラーを仕上げることができたのだろう。

それにしても三浦さんの創造力、構想力は驚くべきものである。それはおそらく脊椎カリエスで十年以上も寝たきりだった生活の中から生まれたものではないか。ただ寝たきりの生活ではなかったのだ。おそらく三浦さんは、自己を見つめ、自己を深く掘り下げる心の働きを、寝たきりの状態で続けていたのだろう。三浦さんの頭の中にはいろいろな物語が渦を巻いていたのではないか。病床での三浦さんの生きる態度は、『塩狩峠』の吉川ふじ子に反映されていることだろう。

こうしたことの究極の具体例は、ホロコースト生存者であり、精神分析医であるヴィクトール・フランクルである。彼は、強制収容所においてさえ、チフスで高熱に苦しみながらも、ライフワークの構想に関して紙切れにメモを取っていたという。

いっぽう、透析患者は、寝たきりではない。その気になれば、僕のようにベッドに起き上がって、作業もできる。また、ベッド自体も起き上がれるよう操作できるのだ。せっかくそうしたベッドが設置されているのに、活用しなかったらもったいない。

透析ベッドで三浦さんの仕事ぶりを思いながら、僕もささやかな努力を続けてゆきたい。

ヴィクトール・フランクル

ヴィクトール・フランクルは、第二次大戦中、ヒトラーの強制収容所を生き延び、その体験を『夜と霧』などの著作に著し、さらに精神分析の分野でも偉大な貢献をした。彼は、人生に伴う悲劇にいかに対処すべきかを身をもって示し、僕たちに存続への希望を与えてくれるのだ。

いかなる状況でも人は自らの態度を最終的に決定する自由が残されている、とフランクルは繰り返し説く。

彼は強制収容所でチフスの高熱に苦しみながら、アウシュヴィッツで奪われたライフワークの再構築に取り組んだが、この態度があったればこそ、ホロコーストより生還後の第二の人生において、ロゴ・セラピーを広め、大きな成果を挙げることができたのだ。

ロゴはギリシア語で、「意味」を表すというが、ロゴ・セラピーは、いかなる人生においても生きる意味を求める。人は独自の意味に目覚めたならば、それは病んだ精神にさえ治癒をもたらすのである。

また、フランクルは、内面が豊かな者は、強制収容所の状況に、堅固な肉体の者よりもしばしばよく耐えたと言う。

反対に、目標を失った人は、支えを失って、崩壊していった。精神状態と、身体の免疫の抵抗状態との関係を考慮すると、勇気や希望の喪失は、人体に著しい悪影響を及ぼすのである。

また、自己の存在に対して具体的な意味が分かれば、人はいかなる状況にも耐えられるという。ロゴ・セラピーは、患者を精神的に目覚めさせ、人生の意味や価値を探らせる。患者が人生の課題から逃れようとする態度を修正し、人生の意味に気づかせようとする。自分にはまだ果たすべき仕事が待っている、と思うことは、病んだ精神を治癒に導き、人の存続につながるのである。

いっぽう、難病で余命が限られていると思えば、優先事項を意識し、限られた「時間の質」を高めてゆくしかない。それは、死刑囚やらい病患者や強制収容所の抑留者の場合にも当てはまるだろう。

たとえば、加賀乙彦さんの『ある死刑囚との対話』によれば、独居房で過ごす死刑囚は、僕たちが日常世界で人を見ている眼をもうひとつ深くえぐったような眼で人を見ている。今という一瞬を大切にし、おそらく普通の人が経験するものの数倍の濃密さで生きている。彼は、「日々第一義のことに眼を注いでいたい」と言う。

しかし、ひとたび生きがいを失ったら、人はどんな風に新しい生きがいを見出すのか、と『生きがいについて』で神谷美恵子さんは問う。ここで語られるらい病患者の破局的な様相は、死刑囚や強制収容所の抑留者に近いものがある。したがって、そこにはフランクルの場合と似た対応が窺えよう。「人が自己に対してどのような態度を取るかにより、その後の生き方に大きな開きが生じることであろう」と。態度がここでも重視されている。また、フランクルは「死の床より自分の人生を振り返る」態度を述べているが、神谷さんは「逆光線で人生を眺める」と言う。

神谷さんは、フランクルのように、意味の探求にこそ生涯をささげようと欲し、「自己の存在目標をはっきりと自覚し、自分の生きている必要を確信し、その目標に向かって全力を注ぐ」。ここには生きるために必要な心の張りが存在している。「人は自分が何かに向かって前進していると感じられるときにのみ、その努力や苦しみをも目標への道のりとして、生命の発展の感じとして受け止める」。そのためには「なるべく自分でなければできない仕事を選ぶのがよい」と神谷さんは言う。

フランクルの著作やその関連文献を通して浮かび上がることとして、内面の豊かさが存続を導き、極限状況を経た者の時間の質が向上し、逆境に対する人の態度がいかに違いを生み出すか、を確認しておきたい。

そこでは各人が果たすべき仕事が、精神の張りをもたらし、存続へと導くのである。フランクルは、「人々が任務を課するサーカスの訓練された動物は、動物園で何もしない同類の動物に比して平均的により長い寿命を有している」（『死と愛』）と言う。精神の張りは、存続の前提条件である。

癌によって四十代で世を去った僕の同僚の枕もとには、フランクルの『夜と霧』が残されていたという。

八十代のおじいちゃん

病院では、透析患者に配布される「ニュースレター」がある。あるとき、そこに八十代のおじいちゃんが投稿していた。題して、「透析、万歳！」

このおじいちゃん、透析治療の時間に文庫本を読むことを楽しんでいるそうである。一年間に「七十冊ほど」読破したとか。

確かに、軽い文庫本は、ベッドで読んでも手が疲れない。それに、文庫本の内容は、簡潔に、興味ぶかくテーマを論じているものが多い。その上、文庫本の中には、池波正太郎さんとか、山崎豊子さんとか、遠藤周作さんとか、読者を夢中にさせる作家が多く含まれている。

僕も、たとえば、池波正太郎さんにほれ込み、一年間に彼の作品を八十冊くらい読んだものだ。文庫本の面白さや読みやすさはよく知っているつもりである。

さぞかし文庫本は、おじいちゃんの知的訓練に役立っていることだろう。おじいちゃん、透析中の読書に疲れたら、眠るとか。まさに、おじいちゃんにとって、「透析、万歳！」ではないか。

八十代のおじいちゃんでさえ、知識欲に燃え、こうして透析時間を活用しているのだから、すばらしいことだ。

ちなみに、九十六歳で他界した僕の母は、最後の日まで読書を続けていたが、入浴時の心筋梗塞によって旅立っていった。昔で言えば尋常小学校を出ただけの母であるが、「とても母にはかなわないな」と痛感する次第である。

主体的な読書は、その気になれば、誰でも手軽にできるだろう。それは、受身で散漫なテレビを観る行為よりはるかに優れている。透析時間に読書をするか、テレビを観るかで、長い間に気持ちの張りに違いが出てくるだろう。「あ〜ぁ、今日もだらだらテレビを観ちゃったよ」とつぶやくのと、「今日もまとまった文庫本の内容を把握したね」と納得することの違いであろうか。

多くの透析患者が、この八十代のおじいちゃんのようになれないだろうか。文庫本に挑戦し、自らの人生体験に絡めて、何らかの叡智を汲み取ってゆく。すばらしいことではないか。

八十代のおじいちゃんは、透析を自分の人生にうまく組み込んでいるのだ。そこがすばらしい。「透析、万歳！」という秘訣はそこだろう。

透析患者は、いかにしてこのおじいちゃんのように透析を、自分の人生に組み入れてゆけるか。

その点に関して、病院側でも協力していただけると、ありがたい。八十代のおじいちゃんでさえ、読書に励んでいるのだから、テレビばかりでなく、寝ながらでも読書のできる「書見台」を設置していただけないか。

加えて、お世話になっている病院スタッフの方々にも、時には透析患者としてベッドに横たわる「疑似体験」をしていただければ、施設の改善に新発見があるかもしれない。それは、ピーター・ドラッカーも提案していることだ。立場を入れ替え、新発見を求めるのである。演奏家は観客席に座り、医師は患者となってベッドに横たわり、教員は受講者の席に座ってみる。立場を換えることで、新たな発展が得られるだろう。

いずれにせよ、週三回の透析時間が生産的になるか、ただの時間つぶしになるか、八十代のおじいちゃんがその分岐点を示しているのではないか。

透析患者は全国に三十万人以上もいるという。八十代のおじいちゃんのように、透析患者が読書に励めば、多くの本が活用され、出版業は活気づき、作家たちは喜ぶだろう。読者と著者との間に交わりが生まれ、日本の文化が向上し、透析治療室の話題が豊かになるだろう。

読書法の工夫

八十代のおじいちゃんは、透析時間に文庫本を楽しんでいるという。

いっぽう、僕は十数冊の本を毎日少しずつ交互に読んでいる。

どうしてこのように変則的な読書を始めたのか。記憶を辿ると、それは『私の読書法』（岩波文庫）に触発されたからだ。その中で『チポリーノの冒険』（岩波少年文庫）の翻訳などで有名な杉浦民平さんが書いていた。その題名は、「ひと月二万頁」。題名自体がものすごい。杉浦さんは言う、「どんなに面白い本でも二時間以上集中して読むことはできない」と。僕はなるほどと思い、それから数冊ずつ交互に読むことを始め、それがだんだん発展して、現在のような読書法に至ったのだ。

実際、ユダヤ研究をしていると、文学も、歴史も、宗教も、商法もと、芋づる式に関連分野が出てきてしまう。そこで、どうしようもなく、そうした関連分野を同時並行で読むわけである。しかし、読んでいると、内容が響き合ってくるので、こうした変則的な読書法も捨てたものではないな、と今では感じている。

「そんなに多くの本を交互に読んで、混乱しないか?」と友人・知人に訊かれることがあるが、そんなことはない。それはまさにパソコンのおかげである。僕はUSBをアルファベットごとに準備しているが、たとえば、AのUSBには、三浦綾子さんの『青い棘』、石坂洋次郎さんの『青い山脈』、村上春樹さんの『アフターダーク』などのファイルを挿入してゆくわけである。

そして、本を交互に読みながら、パソコンでその内容を要約し、感想を打ち込んでゆく。これは面倒なようでありながら、長い目で見ると、非常に有効な読書法であると感じている。そもそも長い作品を読む際、内容を要約していなかったら、前後関係がつかめなくなってしまうだろう。また、大作の場合、大勢の登場人物がいるので、これもアルファベット順に特徴をまとめておかないと、全体をつかめない。

こうしてまとめた内容を時々読み返し、それをトピック別に整理しておくと、何かを執筆する際、引用は簡単である。もちろん、引用の頁数をきちんと明記しておく。結局、面倒くさいように思えても、こうしたファイルを作っておかなければ、時がたつと、「あれ、こんな本、読んだっけ？」と記憶さえあいまいになってしまう。

もちろん、本を読んで重要文に下線を引いたり、本の余白に感想を書いたりすることは、二十代より続けてきたが、それでは不十分なことが多い。やはり、せっかくある便利なパソコンを活用することが、長い目で見ると、実りをもたらすと思う。そういえば、『私の読書法』で別の執筆者が書いていた、「メモを取る努力は、後年になってその成果が現れる」と。

ところで、ユダヤ人は、ユダヤ教会堂（シナゴーグ）でモーセ五書を、週に三回、月曜日と木曜日と安息日に読み、それを一年かけて読み上げた際に祝いの儀式（シムハット・トーラー）を行う。彼らはこれを毎年繰り返すわけである。したがって、モーセ五書を何回も繰り返して読むことになる。

繰り返して読むことは大切である。一般に本は一回通読しても十分に把握できない。中途半端な理解は危険である。もしそのように中途半端な読み方をして、「何千冊も読んだよ」と自慢しても、それは大いに問題であろう。

いっぽう、ユダヤ人の場合、彼らの聖典を共通テクストとして繰り返し読むことには大きな意義があるだろう。繰り返し読む中で、新たな解釈が生まれ、また、新たな状況で新しい読みも可能となる。

僕も同じ本を繰り返し読むことが好きである。『ユダヤ教案内』やドラッカーの本やイスラエルに関する本など、十数冊の本を毎日繰り返し交互に楽しんでいる。

そして、下線を引いた重要文を何回も筆写している。筆写していると、連想によっていろいろな考えが浮かんでくるが、それをUSBの該当するファイルの小見出しに挿入してゆく。そうした小見出しがいっぱいになれば、それを編集して論文を書き、さらに論文をまとめて共著や単著を出版している。

透析治療を受けながら、こうした読書や執筆を繰り返すことは、僕にとって大変楽しい。どんな物事も楽しくなければ続かない。

独りで遊べる玩具

難病に侵され、闘病生活を余儀なくされた場合、あるいは老いに至った時、人は独りで遊べる玩具があればよい。

仮に定年退職した人が縁側で背中を丸くして座り込み、「お〜い、リンゴむいてよ」などと呼びかけているようでは、奥さんに嫌われるだろう。

たとえば、ユダヤ人の精神的な指導者であるラビを探偵に仕立てたという、意外な設定をしたハリー・ケメルマンの『ラビ・スモール・シリーズ』(全十二冊)は、数百万の読者を得ているというが、その中に退職したラビ・ドューチが登場する。彼は、必ずしも学者肌ではないので、家で読書や研究にもなじめず、そこで妻の後を追いまわし慣れぬ手つきで家事を手伝おうとするが、妻のほうは自分のリズムを狂わされ、悲鳴を上げる(『月曜日、ラビは発つ』)。

盆栽や囲碁や読書など、熱中できるものは普段からの努力によって見つかるだろう。それが独りで遊べる玩具である。

定年退職しても何か生活に目安があれば、眼の輝きが失われることはない。夫の眼が生き生きとして、動作も機敏で、生活に張りがあれば、妻の機嫌もよくなるだろう。

僕の以前の職場に、国際交流を担当していた事務職の方がいた。この方は定年退職されてから、税理士の資格取得を目指し、図書館に通っておられた。その方があるとき、鋭い指摘をしていた。「退職された先生の眼を見ればわかりますよ。目標を失くした先生の眼は死んでいますよ」と。

確かにその通りだろう。そこで、定年退職した僕もその点に気を付け、「眼が死んでいますよ」などと思われないよう注意している。

時には、ラビ・ドューチのように邪魔になるかもしれないが、妻を助けて、家事をすることも退職後の生活に張りを与えるかもしれない。実際、妻が寝込むこともあり得るのだから、それへの対応を準備しておかねばならない。何か起こってから、「塩はどこだ」、「砂糖はどこだ」、「包丁はどこだ」と騒いでいたのでは、どうしようもない。僕の場合、妻がまだ常勤で働いているので、朝食や昼食の準備を自分で行い、また、家事もいろいろ手伝っている。

僕にとって、ユダヤ研究が、独りで遊べる玩具である。朝から晩まで書斎にこもって独りで遊んでいるから、うるさくなくて妻は助かるだろう。いっぽう、妻のほうでも、翻訳や文学研究という玩具があるので、何とか夫婦の生活が円満に保たれているのである。

透析患者の場合も、独りで遊べる玩具があれば助かるだろう。それもできれば、生産的なものが望ましい。透析ベッドにおいて、独り将棋や囲碁を始めとして、デッサンをしたり、短歌や俳句を詠んだり、音楽に熱中したり、ほかにもいろいろあるだろう。

ほかの患者さんに訊いてみたい気がする、「独りで遊べる玩具は何ですか?」

犬と生きる

透析患者が犬を飼うことは、大変有益ではないか。一緒に散歩をして適当な運動をし、無心な犬より元気をもらい、心を和ませる。

僕も以前、ペロという雄の柴犬を飼っていた。ペロという名前は、息子が大好きな手塚治虫のマンガからとったものだが、ペロとはスペイン語で犬の意味らしい。

この犬は、生後まもなく近所の森林公園に捨てられていたところを、当時まだ小学生だった息子の級友が見つけて、「飼わないか?」と持ってきてくれたのである。

そこで犬に関してまったく知識のなかった状態から、恐る恐る飼い始めたわけである。最初は庭に置いた犬小屋で飼っていたが、よくほえて近所の迷惑になったので、家の中で飼うことにした。結局、それが良かったのだろう。ペロは、十七年三ヶ月も生きてくれた。

もちろん、日に二回の散歩は休みなしであり、それは雨でも嵐でも続いた。大変といえば大変だったが、ペロからは限りなく貴重な思い出をもらった。ペロは、こちらがどんなに遅く帰っても、寝ていたところから起き上がり、尻尾を振りながら、出迎えてくれた。それが、どんなに心を和ませたことか。酷暑の夜は、居間に冷房をつけ、家族そろってごろ寝をしたが、そのような時、ペロはいつも僕の横にやってきて、並んで眠った。また、幼かった息子と娘が、ペロを真ん中に川の字型に昼寝をしていた光景は、僕の心に焼き付いている。

もし息子の級友がペロを公園から拾ってくれなかったら、ペロは生後まもなく白骨化していたかもしれない。しかし、ペロは我が家の愛犬になって、大きな喜びを家族にもたらし、十七年三ヶ月も長生きしてくれた。

ペロは最期も立派だった。老いたある夜、妙に苦しそうに啼くので、翌朝、犬猫病院に連れて行くと、お医者さんに「もう齢ですね。あと一ヶ月もてばいいほうでしょうか」と言われた。「これではきっと寝込むな」と思い、急いで布団屋さんに行き、ベビー布団を注文した。しかし、ペロは犬猫病院に行った翌日に死んでしまった。結局、寝込むことは、一日もなかったわけだ。家族に大きな喜びを与え、老いては家族にほとんど迷惑をかけることなく、他界していったのだ。

庭の片隅にペロを埋葬し、墓石の周囲に石を四個置き、「ペロ、家族が一緒だよ」と語り掛けた。あれから何年も経つが、「ペロ」と言わずに過ごすことは、一日としてない。ペロは亡くなってからも「管理責任者」として、文字通り草葉の陰から庭を見守ってくれている。また、僕たち夫婦に些細な争いが持ち上がった時など、「ペロ！」という一言でそれが和むようになった。まさにペロは死してなお、僕たちのために有益な存在なのである。

ところで、作家の中野孝次さんが『ハラスのいた日々』という美しい本を書いている。変化に乏しい中年夫婦の日常を雄の柴犬ハラスが活性化し、ハラスの目の輝きが、著者の生命の輝きになったという。また、犬を通じて多くの人々と知り合い、自然にも親しむことができた。犬との共生を通して他の動物や自然をいとおしく思い、「犬の立場になってみると、人間同士では見えないものが見えて」きて、「犬という親しい命への想像力と共感を失うとき、人は人としてだめになってしまうに違いない」という思いを綴っている。犬を飼ったことのある人には一つひとつが頷け、しばしば感動して泣かされる本である。

また、『ハラスのいた日々』にも言及されている平岩米吉さんの『犬の行動と心理』は、犬に関する名著だ。平岩さんは、多くの犬を飼い、人にとって最も親しい友である犬の生態を科学の眼で分析するだけでなく、深い愛情によって、生きた犬そのものを深く理解し、実際の体験に基づいた犬との交流を、平易な文章で記述している。

このほか、犬の物語には、童話である『フランダースの犬』や、ジャック・ロンドンの『荒野の呼び声』や『白い牙』、ジョン・スタインベックの『チャーリーとの旅』や、ギュンター・グラスの『犬の年』、そしてちょっと怖いところではスティーヴン・キングの『クジョー』やコナン・ドイルの『バスカヴィル家の犬』など、いろいろあるだろう。

犬を飼い、透析ベッドで犬の本を読むことは、きっと楽しいにちがいない。

歌ひとすじに

歌を歌うことは、中学校時代からの僕の真剣な趣味である。あのころは田舎に住んでいたから、暇があると、近くの山に入って行き、声を張り上げて歌った。当時、武内つなよしの漫画『少年ジェット』の人気が高かったが、少年ジェットは鍛え上げた「ミラクル・ヴォイス」（奇跡の声）で大木を割ったりできたのだ。僕も当時そのような声に憧れ、山の中で叫んでいたものである。

高校には、自転車や電車で一時間かけて通ったが、自転車をこぎながら、よく歌っていた。また、高校では柔道部に所属したが、その合宿で余興によく東海林太郎さんの『赤木の子守唄』を歌ったものだ。

高校卒業後は江戸川区の郵便局に勤め、市川の叔父のカメラ屋に下宿していたが、よく近くの江戸川沿いを散歩しながら、歌った。昔、相撲の呼び出しに美声を誇った小鉄という人がいたが、小鉄はなんでも木曽川かどこかの岸で声を鍛えたそうである。

さて、現在では、ユダヤ研究という仕事の合間にユーチューブを活用し、家でカラオケを楽しんでいる。三橋美智也、春日八郎、三波春夫など、また、それより以前の東海林太郎、藤山一郎、田端義男などの歌も好きだ。民謡は、三橋美智也の影響で馴染んできたが、民謡は日本人の心の故郷なのだから、広く親しんでゆきたい。グループ・サウンズでは、タイガース、ワイルドワンズ、テンプターズなど、フォークは、南こうせつ、ばんばひろふみ、吉田拓郎などを好んで歌っている。

書斎には防音設備が無いが、幸いにも隣家との間に駐車場があるので、近所迷惑の心配はないだろう。以前、ピアノの音が原因で「ピアノ殺人事件」が起こったが、「カラオケ殺人事件」に巻き込まれたのでは、たまったものではない。

家で歌うほかに、大学の同僚たちと読書会の後でカラオケを楽しみ、さらにカラオケ愛好家たちと三つほど同好会を作って、歌三昧の生活である。

難病を抱えた透析患者にとって、歌うことは元気の源であり、生き甲斐の一つでもある。歌うことで気持ちがすっきりする。

ところで、「もうかまってくれるな」と言って病院に来なくなった患者さんがいた。僕の隣のベッドでよく音楽を聴いていた人だ。後で看護婦さんに訊いたら、「よくジャズ喫茶なんかに通っていたのよ」ということだ。それなりに趣味の豊かな人だったのだろう。離婚しており、独り暮らしだったとのこと。孤独死であったそうだ。

「心の悩みに沿ってあげられなかった」と看護婦さんは悔やんでいた。

さて、僕は、著名な作曲家である遠藤実さん、船村徹さん、古賀政男さんの作品にも励まされることが多い。演歌巡礼によって庶民の生活の巷から感情を掬い上げ、それにメロディを乗せるのであるから、その仕事ぶりに驚嘆してしまう。

遠藤実さんは、流しをし、長い貧苦の日々を耐え抜いて作曲家になった。こまどり姉妹、舟木一夫、一節太郎、千昌夫、三船和子、森昌子など多くの歌手を発掘した。「人生の涙川を渉るとき歌という友がいる」。「原点を忘れず、ひがまず、ねたまず勉強する」(『涙の川を渉るとき』)と言う。

いっぽう、船村徹さんと若くして結核で倒れた作詞家高野公男さんとの友情は、有名である。それはお二人が作った青木光一の『男の友情』にも表れているが、僕はこの名曲をカラオケで愛唱している。船村さんは、高野公男さんと、そして後には星野哲郎さんなどの作詞家とコンビを組み、三橋美智也の『ご機嫌さんよ達者かね』、春日八郎の『別れの一本杉』、村田英雄の『王将』、青木光一の『柿の木坂の家』、北島三郎の『風雪流れ旅』、美空ひばりの『みだれ髪』など、日本人の心を揺さぶる名曲を数多く世に出してきた。船村さんは、自然を愛で、武士道、柔道、相撲を含む日本文化の伝統的な古い道を志向している。日本社会の活性化を目指す『ニッポンよ、ニッポン人よ』などの著作がある。

そして、古賀政男さんの作曲生活は五十年以上になり、作った曲はおそらく五千曲以上である。「私には音楽という最後の支え、心の慰めがあった」。遠藤さんや船村さんのように、「やはり苦労した人間がいい曲を書いている。……自分の人生の苦労をそっくりそのまま歌に書いている。私は、そういうものの中からしか、永久に残る歌など出てこないと思っている」(『歌はわが友わが心』)。

時にはカラオケで、美空ひばりの『哀愁波止場』や『みだれ髪』なども歌いたいが、男性にとって女性歌手の歌は難しい。それを首尾よく歌いこなすためには、少年ジェットのミラクル・ヴォイスが必要になってくるかもしれない。

映画とテレビ

子供時代に体験した、千葉県の田舎での思い出である。あのころ映画などめったに観る機会はなかった。観てもせいぜい一年に一〜二回だっただろうか。上映場所は、小学校の校庭や公民館だった。したがって、映像や音声は必ずしも良くなかったが、それでも子供心に上映を待ちかね、それを本当に楽しんだ。

また、一時間かけて出かけた町には映画館が一軒だけあり、そこでも映画見物は、一年に一回くらいだった。それでも、校庭や公民館と比べて、映画館の設備は素晴らしく、『宇宙戦争』など、子供心に当時の特撮映画に魅了された記憶がある。そのうえ、映画の帰りに立ち寄った食堂で食べたラーメンは、本当においしかった。

さて、テレビが各家庭に普及し始め、毎日何らかの番組を観られるようになったのは、一九六〇年代であっただろうか。それは初期には、大いに感激であったが、人はすぐ惰性に流されてしまう。テレビを毎日観ていても、子供のころ味わったあの映画見物の感激はよみがえってこない。

そこで、もしテレビを観ない日々を設定したらどうだろうか。たまにしかテレビを観ないようにすれば、子供時代に体験した映画見物の感激を再び味わえるかもしれない。

実際、僕は妻とも相談し、テレビを全然観ない時期を過ごしたことがあった。ちなみに、ピーター・ドラッカー夫妻はテレビを観なかったそうである。

だが、僕たちの場合、「テレビを観ていないと、保育園で友達と話が通じないよ〜!」という幼い息子や娘の訴えに負けてしまい、再び家族でテレビを観始めたのである。すると、「えーっ、こんなひどい番組ばかりなの!?」久しぶりに観た正直な感想であった。

もちろん、初期には優れた番組も作られたかもしれないが、テレビの普及に伴って、子供から年寄りにまで訴えかける番組作りを四六時中求められ、内容が低下したのであろう。僕たちは久しぶりに観たので、そのひどさに衝撃を受けたが、毎日あれを観ていれば、惰性で慣れてしまうのかもしれない。

かつて、評論家の大宅壮一さんがテレビによる「一億総白痴化」を嘆いていたが、それも無理はない。

それでも、実際、今でもチャンネルを選べば、自然を愛でる番組や、放送大学の番組など、有意義な内容も見つかるかもしれない。

ところで、村上春樹さんの『羊をめぐる冒険』は神秘主義を含む興味深い小説だが、その中に開拓部落の話が出てくる。開拓者は奮闘し、部落が町に昇格するが、人々は「仕事から戻ると、平均四時間テレビを観て眠る」と書かれてあり、また「えーっ！」と驚いてしまったのである。

職場で八時間働き、ないしは残業もして、それから四時間もテレビを観ていれば、ほかのことをする時間はほとんど残らないのではないか。村上さんの作品には、諸分野で極めて優れた人々が描かれる反面、「うらぶれた」人々も多く登場する。後者の場合、仕事以外に真剣な趣味はないのか。生涯学習の対象はないのか。彼らは、定年退職したら何をするのか。また、もし透析を受けるようになったら、どうするのか。

透析患者は全国に三十万人以上もいるという。多様な人生を送ってきたことであろうし、多様な才能や技術を持った人々であるかもしれない。そうした多様な才能や技術を、透析生活でも何とか活かせないだろうか。ちょっとした工夫をすれば、それができるのではないか。また、もしかしたら、透析を契機として、うずもれている潜在能力を開発できるのではないか。これまでの人生を振り返って見れば、何が自分の強みであるか、何が自分の真剣な趣味であるか、何が自分の熱意の対象であるか、が分かるだろう。もしそれが見つからない場合は、新たに何かを開拓したらよいだろう。

透析時間にテレビを漫然と観て過ごす状況を、ちょっとした工夫で、一歩前進できるのではないか。たとえば、病院側でヴィデオ装置を設置していただくか、さもなかったら、各患者が安価なヴィデオ装置を購入し、それを治療室に持参すればよい。

ちなみに、もしも牧野富太郎や司馬遼太郎や坂田三吉のような人々が透析患者になれば、彼らはそれぞれ自然や歴史や将棋に関する番組をＤＶＤプレーヤーで楽しむかもしれない。さらに一歩進んで、坂田三吉のような人は、将棋ソフトを使って独り将棋に熱中するかもしれない。

このように、各自が興味のある番組を録画し、関心のあるＤＶＤを購入し、それを治療室で楽しめばよい。たとえば、旅行、家庭菜園、歌番組など、いろいろあるだろう。そこにある程度の患者の個性が生まれてくる。

これは、多くの患者がただテレビを漫然と眺めている個性が埋没した状況より、ささやかながら一歩の前進である。

それに、テレビの観方にもいろいろ工夫があるかもしれない。たとえば、行き当たりばったりにチャンネルを操作する代わりに、透析日のテレビ番組を調べて、観たい番組をあらかじめ選んでおけば、そのほうが観た印象が残るだろう。

また、透析患者の中で放送大学の受講者がいるかもしれない。いずれにせよ、透析時間に興味深い放送大学の番組があれば、それを結構楽しめるだろう。放送大学の講師たちは解説が巧みであり、映像は楽しく、日常生活に関係の深い話題をわかりやすく提供してくれる。耳学問としても貴重である。

放送大学では九十代のおじいちゃんも受講している。

食べる楽しみ

　ユダヤ教には、食事に関する戒律があり、戒律によって、食べてよいもの、禁じられているものが定められてある。ユダヤ聖書の「レビ記」によれば、動物は、ひずめが分かれて反芻するもの、魚は、鰭と鱗があるもの、鳥類は、鶏や七面鳥など、そして野菜や果物は、それぞれ食べてよい。

　ユダヤ人は、肉体を守る目的もあるが、同時に、精神を擁護するために食事の摂取に注意する。体が飲食物を求めるように、心は精神の滋養を必要とするのである。たとえば、親切心と憐みの心を守るために、獰猛なけだものの肉を食べない。すなわち、肉食動物ではなく、草食動物を食べるのである。それに、できるだけ痛みを与えず殺すよう特別な訓練を受けた専門の屠殺人によって殺された草食動物を、適正（コシェル）として食する。その際、血に生命が宿っているものと見なし、「血を食することを禁じる」（「創世記」九章四節）ので、血抜きをした肉を食べる。また、「子やぎをその母の乳で煮てはならない」（「出エジプト記」

二十三章十九節）ので、肉と乳製品を一緒に食べない。たとえば、チーズバーガーは無理である。食事の際には、常に神に感謝の祈りをささげる。ユダヤ人の祝祭日には、それぞれ特別の料理が準備されるが、それは精神的な意義を持つものである。このように、何を食べ、何を飲むか、ということの選択が、ユダヤ性を守ることを意味するのである。

戒律は人を拘束し、うっとうしい場合もあるかもしれないが、実際、人はある程度の拘束があったほうが、より良く機能できるのではないか。反対に、あまり自由があり過ぎると、その自由を行使できず、堕落してしまうことが多い。それは、食事に関しても言えることだろう。

さて、透析患者は、食事に関して医師や看護師にいろいろ注意されているので、ある意味で、ユダヤ人の場合に似ているかもしれない。ただし、それは、生産性を維持しながらできるだけ命を長引かせるために、守らねばならないことである。

病院では検査結果を「自己管理表」として毎月渡してくれるので、ドラッカーが説く自己管理や時間管理を、透析に関しても励まねばならない。

いっぽう、機能不全の腎臓を抱えているのであるから、透析患者は、いろいろ制限はあるにせよ、食事をしっかり摂らなければならない。栄養不良だと、ますます心身の機能が低下してしまうからである。

したがって、命を長引かせるために、透析と同様、摂取する食事は重要である。健康食品と呼ばれるものをできるだけ摂取することが大切だろう。僕の場合、妻が飲食物にとても配慮してくれるので、助かっている。

透析生活は二〇一七年十二月現在でそろそろ十年目になるが、この間に風邪をひいたことはほとんどないし、透析を始めたころ婦長さんに「いつ緊急入院になってもおかしくないわよ」と注意されながら、緊急入院はこれまで一回のみである。

加えて、透析によって体重管理をされているので、かつての「妊娠九ヶ月」のような腹のふくらみもなくなった。これに関して、ちょっとうれしいことがある。高校の同窓生に会うと、互いに腹を眺めてしまうが、彼らはたいてい腹が出ているのである。

また、以前は電車で座った時、腹の部分が苦しく、ズボンがしまって、居心地が悪かった。

今ではそのように感じることはなく、電車で座るのが楽になった。

それからまた、職場で入試の採点をしたとき、長時間座っているので、腹が出ていると苦しくて仕方がなかったが、それが解消され、集中して採点ができるようになった。

さらに、以前は採点の翌日、頭が重く、肩が疲れ、目が痛かったものである。それが、疲れをあまり感じることがなく、仕事をいつも通りにこなせるようになって、これも透析の結果、飲食物に注意している賜物かと思い、うれしくなってしまう。

それでも、ひと時は、さらに体重を減らそうと、盛り蕎麦ばかり食べていたが、やはり偏食はまずいだろう。体重は確かに減ったが、医師に鉄分の不足を指摘され、これでは体内の血液を作るのに支障が出るだろうと、反省している。

実際、貧血になり、さらに血圧が低下した折には、めまいや立ちくらみがし、駅の階段を上がる際にも息切れがし、ホームにようやくたどり着いたとき、倒れるのではないかと心配した。冷や汗が吹き出し、ホームの片隅にかがみこんでしまったこともあった。

今後は実践項目の一つとして、ゆっくり噛み、腹八分目の食事で、いろいろな健康食品を摂ってゆこう。

飲食は生きる楽しみの一つなので、池波正太郎さんが『食卓の情景』などで述べるように、心して、一回ごとの食事を味わいたいものである。

その点、池波正太郎さんの『食卓の情景』、『むかしの味』、『江戸の味を食べたくなって』などの作品は参考になる。韮の味噌和え、白魚の卵とじ、浅蜊のぶっかけなど、別に贅沢でなく、質素な献立であるが、大変おいしそうに思え、自分でも作って、味わいたくなってくる。

また、独居老人の日常をしみじみと語る堀英彦さんの『銀の座席』や『石の座席』に繰り返し書かれてあることだが、老いてゆく身にとって、食べる楽しみは格別なものなのだ。堀さんは、「自分の手足が思い通り動くかぎり、自分の好きなものを自分で作って食べたい」と言う。

いっぽう、耕治人さんは、八十歳になっても作家業を続けた人だが、同い年の妻が精神的に衰え、食事が作れなくなった。そこで、マーケットより、ご飯を海苔で巻き、真ん中に梅干しが入っていて、刻んだ沢庵と生姜を添えた弁当を二人前買ってきて、それをガスで沸かしたお湯を飲みながら、テーブルで向かい合って食べるという(『天井から降る哀しい音』)。

これではちょっと侘しい。

贅沢な食事をする必要はない。健康食品であり、程よく栄養のバランスがとれていればよいのだ。

透析患者であっても、食事をきちんと摂って、日々を精いっぱい生きよう。

語学学習

優れた文章を筆写することは、有益な語学学習だろう。読書中に下線を引いておいた重要文を、手で何度も筆写してゆく。こうした学習は、たとえ片手を拘束された透析時間にも楽しめよう。

筆写を繰返す間に、作者の気持ちになって、文章の意味を深く味わい、それを繰返す中で、文章が心に焼き付けられる。パソコン全盛の時代であっても、手で書くことは、文章を銘記するために有益だろう。こうした学習が、日本語にせよ、外国語にせよ、ちょっとした文章を書くときや、Ｅメールを打つときに役立つのではないか。

今後のビジネス界においては、直接交渉もあろうが、Ｅメールで商談することが増えるのではないか。そこで、筆写を通して、ちょっとした文章やEメールを書くのに慣れておくことは、無益ではないと思う。

ところで、「ちょっとした文章を書く」ことに関して思い出すことがある。僕は二十代の初めに在日米軍基地に勤めていたが、そこにゆくゆくはアメリカ軍の兵士や将校との国際結婚を夢見て、日本の女子大生が訪れていた。

彼女たちはしばしば僕の事務所にやってきて、「ねえ、このメモ書いて頂戴」と頼むのであった。ところが、その内容を聞いて、驚いた。「えーっ、こんな簡単なことすら書けないの！それで、アメリカ人との結婚を夢見ているの？」案の定、やがて彼女たちの夢は次々と破れていった。

と言うわけで、筆写は、ちょっとした文章を書くとき、役立つと思ったしだいである。ちなみに、これは場数を踏むと有効になるので、僕は大学のクラスで受講生たちに毎回のように読んだ内容を要約させ、感想をつけて提出させていた。

この練習を多くのクラスで繰り返せば、ますます場数が増え、若者たちは卒業時までに日本語にせよ、外国語にせよ、書くことに慣れているのではないか。米軍基地での悲しむべき逸話が繰返されないよう祈っている。

経営学部、経済学部、法学部などで、学生たちは、日本語にせよ、外国語にせよ、それぞれ専門的な文献を読むことに慣れ、その中の重要文を筆写し、専門領域に関する思考を練っておくことは大切ではないか。

考えてみると、グローバルな時代において、職場で英語や中国語や韓国語などを使える人を配置しておくことは大切だろう。当然、それは、百貨店なども含む。特に二〇二〇年の東京オリンピックを控えて、外国より訪問者が増えるだろうから、日本語と英語や中国語や韓国語など、いわゆるバイリンガルな従業員を売り場に配置することは、ますます大切になってくる。

また、僕がお世話になっている病院でも、今後、外国人の患者が増えてくるかもしれない。それに対応するために、病院スタッフの少なくとも何名かが外国語を用いて治療ができるなら、理想的である。そうしたスタッフは、日ごろから外国語によって医療文献を読んだり、映像を観たり、文章を書いたりする習慣を身に着けておけば、いざというときに有益だろう。ちなみに、イスラエルの病院では、「看護師たちは、ヘブライ語、英語、アラビア語、ロシア語を見事に切り替えながら一人ひとりの診療者に投与すべき薬の指示を行う」（『イスラエルを知るための六十章』）という。

病院スタッフにとって、自分の生活に密着している医療に関して日本語や外国語で学ぶことは、最も効率的ではないか。自分の仕事に大いに関係があることだから、学ぶ動機は十分だろう。医療文献に毎日親しんでいれば、それを読むことに慣れ、それが空気を吸うように当たり前になってくる。専門用語を含めた語彙も増えるだろう。仮に新しい語彙を少しずつ覚えるとしても、こうした継続学習による蓄積は馬鹿にならない。

長い間には、日本で医療の国際学会もあるだろうし、あるいは海外でそうした学会に参加することもあるだろう。海外の医療関係者と話し合う機会が増えるかもしれない。

また、海外出張もあるだろう。そうした折に海外の病院を訪れ、できれば病院を見学させてもらい、病院内のレストランやカフェを訪れ、そこで医療関係者と非公式にも意見を交わしたりできるかもしれない。

さらに、外国人の利用客が少なくないタクシー運転手の場合である。客を目的地まで案内する仕事の性格を考えると、観光に関する知識が有益かもしれない。日ごろから観光文献を読み、映像を鑑賞し、それに関してスピーチを練習していれば、いざというときにそれが役立つだけでなく、運転をしながら、日本語や外国語でいろいろ情報が入手でき、仕事の楽しさが増すのではないか。

このように述べてきたことは、社会のいろいろな職業に当てはまるかもしれない。いずれにせよ、各職場や組織において、外国語でも意思疎通のできる人材を配置してゆくことは、グローバルな時代において、国全体の生産性を高めるだろう。

と言うわけで、僕は透析ベッドで、今も筆写を楽しんでいる。

自分史を書く

村上春樹さんの作品には、ユダヤ系作家と響き合う特質を見出せるだろう。たとえば、流浪、自伝的な要素、修復のテーマ、そして自己を深く掘り下げてゆく姿勢である。

自分を深く掘り下げてゆくと、その過程でいろいろなものが見えてくる。また、いろいろな課題もわかってくる。そこで、ある課題に関する論文を書いているとき、それは自分史とかかわる内容になり、自分史の一部となってくるだろう。結局、各論文は自分史に集約されてゆくのだ。

実際、人は、自己と深くかかわることのない論文を書くべきではない。自己と深く関わりのない論文を書いても、それは単に知的遊戯として終わってしまい、自己の成長に役立たないからである。

ところで、透析患者は、ベッドで自分史を書いてみることはどうだろうか。透析生活に入ったことを契機として、これまでの人生を振り返り、今後の生き方を考えるすべとして、自分史を書いてみるのである。治療中に脳が活性化することだろう。

自分史を執筆するのはほかならぬ自分であり、自分の人生の意味を探求し、それを充実させるのも自分だ。ほかの人が代わってくれるわけではない。

これは手で書いても、あるいはパソコンを使ってもできることである。夢中になって、自らの創造する物語に引き込まれ、気がついたら透析治療が終わっていた、ということになるかもしれない。

書く作業では、日々ある一定時間は机に座らねばならない。その点、透析治療のために週に三回四時間くらい過ごさなければならないことは、執筆条件の一つを自動的に満たしていることになる。その時間が楽しみになり、知的刺激に満ちたものになれば、誠に幸いである。

また、書くという作業を継続するためには、読むという仕事が伴う。たとえば、村上春樹さんの作品を読むと、執筆の工夫や読書の楽しみが随所に挿入されている。これは、透析患者の執筆に大いに励みを与えてくれることだろう。

また、文学全集や作家の著作集などを体系的に読むことはどうだろうか。これには目安をもって継続的な活動ができるという利点も考えられる。ただ次々と読みまくるということでもいいかもしれないが、パソコンを活用し、読んだ内容を要約し、重要事項を記録し、それを時折再読することは、何か確固としたものを修得しているのだという充足感をもたらすかもしれない。

普段の生活で何を書くかを考え、あらかじめ決めたトピックに対し、小見出しを設定しておけばよい。日常生活で思いついたことや頭に浮かんだことを、その小見出しに挿入してゆくのである。そして、透析のたびにトピックに関してまとめてゆく。四〜五時間もあるのだから、手書きでもパソコンでも、かなりの分量を書けるだろう。

また、書いた内容を折に触れて読み返し、文章を推敲してゆく。考えては書き、それを推敲してゆく作業は楽しいものである。

透析のたびに自分史を書き、それを何年か続ければ本一冊分くらいの量になるのではないか。うまくゆけば、どこかの出版社に頼み、編集してもらい、本として出版できるかもしれない。

透析のおかげで自分史が書けた、ということは一つの喜ばしい達成である。それにもまして、完成までの過程を楽しんだ、ということは貴重な思い出になるだろう。

時間の質を上げる

僕は、透析ベッドで過ごす時間の質を上げてゆかねばならない。たとえば、ユダヤ研究に打ち込む。複数の論文を交互に書く。ユダヤ関連書を読んで、重要文の筆写を行う。病院スタッフと知的な会話を楽しむ。テープやＣＤを聴く、などを通してである。

かつてベストセラーとなった渡部昇一さんの『知的生活の方法』にも、「時間の質を上げる」ことに関して言及がある。六十歳を過ぎて先が短くなった、もう大きな仕事はできない、などと嘆く必要はない。時間の質を上げればよいのである。時間を二倍にも三倍にも有効に使って、優れた仕事をすればよいのだ、と。

これを透析患者に当てはめて、考えることができるだろう。

透析治療を受けていても、正常に働いている腎臓の機能には及ばない。どうしても無理が生じてしまう。したがって、健常者に比べて、透析患者の平均寿命は短くなっているだろう。それではどうしたらよいか。時間の質を上げるよう努めるしかないだろう。時間の質を上げて、同じ一年でもそれを充実した内容に向上させ、精神的に豊かな生活を求めるのである。

では、時間の質を上げるとは、透析患者の場合、具体的にどういうことか。たとえば、僕の場合、ＵＳＢをＡからＺまで二十六個に分類してあり、その中に、これまで読んだ本の要約や感想をファイルしてある。そのファイルを読み返すことで、仕事がはかどり、時間の質が上がると思えるのである。

それぞれの患者がこれまでの人生で蓄積してきたものがあるだろう。各自がそれぞれ工夫し、その蓄積を活用し、時間の質を上げるよう努めるしかない。透析中に疲れたら、あるいは、血圧が下がったら、ベッドに横になって、好きな音楽を聴いたり、ＤＶＤを観たり、無理のない範囲で楽しむことが見つかるだろう。体調が回復したら、また生産的な作業に戻ればよい。

一般に、雑務に忙殺されて日々を過ごすことは、時間の質を上げることに反するだろう。いっぽう、自分が熱中していること、自分にとって本質的なこと、自分にとっての優先事項に打ち込んで過ごす時間は、その質が高い。それは本当によく生きた時間となるのではないか。

人生において雑務は避けられないが、それなら雑務を優先事項に「織り込む」生き方が望まれよう。

ドラッカーも指摘していることだが、障害者は、生産的になろうと努める限りにおいて、効率的に働く（『アジアのドラッカー』）。それは、自分の障害を補おうとする努力と工夫から来ていると思う。会社や工場においても、障害者をある割合で雇うことで、全体の士気を上げ、生産性を伸ばすことだろう。透析患者も障害者であるから、生産的になろうと努める限りにおいて、いろいろ工夫するのではないか。

村上春樹さんの『色彩を持たない田崎つくると、彼の巡礼の年』に以下の言葉が出てくる。「自分のこれまでの人生がいかに薄っぺらで深みを欠いたものだったか、ほとんど最後の最後になって君は悟る」。こうした苦い悟りの衝撃は、レフ・トルストイの『アンナ・カレーニナ』でカレーニンが避け続けてきた人生の深淵や、ジェイムズ・ジョイスの「痛ましい事件」やヘンリー・ジェイムズの『密林の野獣』において主人公たちが最後に遭遇する悟りを、僕たちに連想させよう。

可能ならば、もう少し厚みがあり、深みを帯びた人生でありたい。振り返った時、細いながら道が一本繋がっていた、と思える人生でありたい。

そこで、透析ベッドに拘束されている身でありながら、心の中では、古今東西の思想に触れ、彼らの叡智を筆写し、それから浮かび上がる考えをパソコンの該当するファイルに挿入してゆく。そうした仕事の合間に、様々なジャンルの音楽を楽しむ。音楽は気分の高揚に役立ってくれよう。このようなことをしながら過ごしていれば、透析ベッドの拘束時間も結構楽しくなるだろう。こうした時間管理は、透析患者にとって、ちょっとの工夫でできることではないか。

ふと九十六歳で他界した母のことを思う。母は、僕の末の弟が不幸な死を遂げた後、その悲しみに耐え、千葉県の田舎で十年以上も独りで家や畑や山を守ってくれた。また、独り暮らしが無理になった時点で、埼玉にある僕の家で暮らし始めたが、環境の変化に耐え、さらに四年三ケ月も長生きしてくれた。僕はこれらのことで母に深く感謝している。

母は最期の日までいつものように四時に起床した。九十六歳にもなって朝四時に起きてくるその生命力や精神力に驚嘆するのである。そして、家の内外を掃除し、最期の日まで読書をし、洗濯の準備もしていたが、入浴時の心筋梗塞によって旅立っていった。

おそらく母の痛みは一瞬のものだっただろう。入浴時に死が頭をよぎったことはなかったかもしれない。ある意味でそれは理想的な最期だった。

誰にとっても最期を迎えることは大変だが、できれば母のように最期まで元気でいて、一瞬にして逝きたいと願う。しかし、おそらくそれは心がけ次第で、とはゆかないだろう。せめて「今日は最期を迎えるその前日である」（『ユダヤ教案内』）という気持ちで日々を送ろうか。あるいは、山崎豊子さんの『白い巨塔』に挿入された逸話のように、「あと半年生きられたら」という覚悟で過ごそうか。

母の生涯を思う時、透析ベッドでの過ごし方をさらに工夫しなければいけないな、と強く思う次第である。

仕事以外の真剣な趣味

人は、仕事以外の真剣な趣味、ないしは生涯学習のテーマを持っていたほうがよい。さもないと、定年退職したり、難病に侵されたりした場合に、困るだろう。

いずれにせよ、人は無傷で生涯を渡ることは難しい。遅かれ早かれ何らかの障害を持つかもしれない。そのような状況に陥ったら、どうするか。それに対処する意味で、生涯学習のしっかりとしたテーマを普段から準備し、また、仕事以外の真剣な趣味を養っておくことは大切であると思う。真剣な趣味を養うとは、どの分野であれ、セミ・プロ級の水準を目指すという意味である。

僕の場合、ユダヤ研究は生涯学習のテーマであるが、それは老いてゆく身にとって、独りでも夢中になって遊べる玩具のようなものである。また、中学時代より歌を歌うことが大好きで、それは僕の真剣な趣味である。中学時代よりずっと三橋美智也さんの美声に憧れてきた。まさに、少年ジェットが、ミラクル・ヴォイス（奇跡の声）に憧れるようなものである。

したがって、透析患者になっても、ユダヤ研究と歌を組み合わせることによって、けっこう楽しく生きているのである。

ちなみに、村上春樹さんの『羊をめぐる冒険』では、羊の研究に四十数年を捧げた羊博士の物語が挿入されている。彼は二階の自分の部屋に閉じこもって、羊に関する文献を常に読みふけっている。それは彼の真剣な趣味である。彼はそれほど幸せな人生を送ったようには見えないが、今後、父親を慕うホテル営業の息子と共に、たとえ時間はかかっても、それなりに幸福を見出してゆくだろう。

いっぽう、これは渡部昇一さんの『知的生活の方法』に出てきた逸話である。ある男は小さな町工場の技師だったが、接着剤に興味を持っており、接着剤に関する文献のデータをカードにとって分類する作業を、自分の三畳の部屋で二十年間にわたって継続した。こうして一つのテーマに関するデータを内外の文献より集めた結果、海外でも評価される業績を挙げ、画期的な軽金属接着剤を作ることに成功したのである。

また、メダカの研究で博士号を取得した中学校の教頭先生の話を、いつか新聞で読んだことがある。メダカへの愛着は、真剣な趣味として、教頭としての仕事への愛着と響き合っていたのではないか。これは幸福な人生であると思える。

仕事以外の真剣な趣味を持つことは、確かに有意義だろう。たとえ仕事上で失敗や失望があっても、それからの回復は速いだろう。仕事以外の真剣な趣味が支えになってくれるからである。人は、人生の荒波に対して、複数の防波堤を用意しておくことが、存続のために重要である。

それでは、人はいかなる真剣な趣味を考えられるだろうか。囲碁や将棋やチェス、音楽、読書、俳句や短歌、絵画やデッサンなどだろうか。人によっては、真剣な趣味が、そのまま仕事であり、生き方である場合もあるだろう。

透析ベッドで真剣な趣味を味わえるのなら、楽しい透析となるだろう。

得たもの、失ったもの

透析を受けるようになってから、あまり無理をしなくなったのは、良いことだろう。性格的に無理を重ねてきたほうだから、あと一押しで、命を縮めていたかもしれない。

ただし、無理をしなくなったと言うより、もう無理はできない。たとえば、健常者なら一息でできる仕事を、数回に分けねばならない。勇んで元気に出かけるところを、「億劫だなあ」と思ってしまう。妻ともつまらないことで争う元気すらない。

しかし、考えてみると、健常者であれば、元気な余りつい無理を重ね、思わぬ落とし穴に落ち込まないとも限らない。その点、難病を抱えた者は無理をしないし、無理ができないので、もしかしたら意外に長持ちするかもしれない。また、そう思わないでは、やってゆけない。

いっぽう、透析のために失ったものも少なくない。

たとえば、治療に入る前は、ほとんど毎年海外に出かけていたのに、それができなくなった。職場で国際交流委員を務めていたので、毎年リュックを担ぎ、南米エクアドルとか、アメリカやイギリスやマレーシアなどの大学を訪れ、協定交渉に従事していた。せっかく出かけて行くのだからと、出発前の半年は目的地に関して勉強し、それに基づいて現地では効率的に働き、帰国後の半年は海外出張で得た刺激を糧に暮らしていた。

現地では、日本からの大学の代表として歓迎され、泊まったホテルやその食事を満喫し、行った先の大学で講義を聴講し、図書館で現地の学生たちと勉強し、ユダヤ研究者たちとの交流を楽しんだ。

協定交渉のほかに、日本からビジネス英語研修の学生を引率したが、これも若い人たちと一緒で楽しかった。

人によっては、こうした仕事を億劫がる向きもあるかもしれないが、僕としては、知的な利益も得られるうえに、手当もいただけるので、大変良かった。

しかし、この楽しみも透析のために失われた。

もちろん、海外の病院で透析を受ければいいわけだが、実際、それは億劫であり、達成できていない。

次は、小さいことであるが、千葉県の田舎で過ごした子供時代の思い出である。両親が畑で栽培した大きなスイカを二つに割って、弟とそれをさじですくって食べていた。そうした豪快な食べ方も、透析のためにできなくなった。カリウムの数値が上がってしまうからだ。ただ、子供時代の食習慣は、なかなか抜けない。今でもあの大きなスイカを半分そのまま食べられたら、どんなに幸せだろう。

そして、もう一つ失ったものといえば、セックスの機会である。ちなみに、池波正太郎さんの『真田太平記』（全十二巻）によれば、昔、真田昌幸は、性的に強く、正妻のほかに周囲の女性たちに手を出していたが、五十代にして精力が落ちたという。当時の平均寿命は、よくても五十歳であっただろう。

いっぽう、動物学者であり、動物や人間の行動学を語るデズモンド・モリスの『裸の猿』（一九六七年）には、「七十代の男性でも性が盛んなものは、七十％もいる」などと書かれてある。また、「知的職業についている者も、決して性的に弱いことはない」と、渡部昇一さんの『知的生活の方法』は言う。

僕自身、結婚したての頃は、休日もなく多忙だったが、あるときからセックスの回数を記録し始めた。実際、中学時代から、日々の暮らしを日記に記載しているので、記録することは好きなのである。村上春樹さんの『羊をめぐる冒険』でも、主人公の別れた妻は、セックスの記録をこまめにつけていた。

余談であるが、歌手の村田英雄さんは、海外のホテルに宿泊した際、ＳＥＸの欄に「週三回」と書き込んだという。

ところが、透析開始後は次第にセックスの回数が減り、六十代半ばにして、すっかりだめになってしまった。透析関係の本には、「セックスに関してはお医者さんに相談してください」とあるので、患者によってはまだ盛んな人もいないではないかもしれない。僕に関しては、残念ながら、だめである。ちなみに、以前、透析治療室で、僕と同じか、若干年配に見える人も、「美人が前に来ても、もうだめだ」と大声で話していた。

共に二十五歳で結婚し、四十年以上連れ添ってきた妻であり、青年、中年、老年の愛を体験してきた。六十代においては、互いの身体のぬくもりを味わえれば、それでいいよね、と言うことも可能であるが、透析がなければ、まだセックスを継続していたはずである。振り返れば、結婚した翌朝の開口一番、「私はもしかしたら判断を誤ったのではないかしら」と告げられ、それから四十年を経た時点でも、「あなたのような人とこれまで一緒にいられたのは、まさに奇跡中の奇跡よ」と言われた。それを思うと、「これでもまああかな」となるかもしれない。

今後は、せめて飲食を楽しみ、カラオケを楽しみ、ユダヤ研究を楽しんで余生を送るしかない。

カウンセリング

ユダヤ系の経営学者ピーター・ドラッカーは、経営相談（カウンセリング）、大学での教育、そして著書の執筆という響き合う三分野を、生涯にわたって大切にした。カウンセリングの経験を教育に持ち込み、講義内容や学生との交わりを執筆に活かしたのである。これは相談役・研究者・教育者として、理想的な姿であると言えよう。

さて、そのカウンセリングだが、患者が透析生活に入る段階で、それをいかに過ごすか、という相談が必要なのではないだろうか。あるいは、それが有益なのではないだろうか。「飲食物の摂取に気を付けなさい」、「体重超過に注意して」などという闘病に関する注意は大切である。

と同時に、「透析時間は四～五時間と長いですけど、どんな風に過ごしますか」などのカウンセリングが有益ではないだろうか。それはなぜか。

現状では、「はい、あなたは腎臓が悪いので、透析ですよ」と言われ、透析治療室に案内される。僕も最初に透析ベッドに横たわり、腕にチクリと透析針を刺されたことをよく覚えている。

こんな時、患者にとっては新しい体験、痛い体験、精神的な動揺などがまぜこぜになっているのではないだろうか。

その時、ふと気が付くと、ベッドには小型テレビがついている。不安と精神的な動揺を和らげるために、患者はテレビを観てしまうのではないだろうか。そして、そのままずるずるとテレビ漬けの透析生活が始まってしまう。これは良いことだろうか。

現状では、よほど仕事への愛着が強いか、あるいは、仕事以外の真剣な趣味を持っていないと、テレビを観て過ごす安易な道にはまってしまうのではないだろうか。

現状では、「はい、透析ですよ」、そして「はい、テレビですよ」と、ベルト・コンベヤーに乗っているかのように進んでしまう。これは良いことだろうか。

透析生活に入る直前で不安と動揺を隠せない患者に対して、「透析時間は長いけど、どんな趣味で過ごしますか」などと尋ねてみることは、無意味ではないと思う。

こうしたカウンセリングというか、ガイダンスというか、もしそういうものなしで、いきなり透析ベッドに寝かされたとしたら、個人的に抵抗や工夫をしない限り、ほとんど自動的にテレビを眺める透析生活に入ってしまうだろう。

これが週三回、各四~五時間、何年も続くとなると、その人にとっては大きな違いになる。そういう透析患者が全国に三十万人以上いるとなると、それはさらに大きな違いを作ってしまう。

いかに透析人生を送るかは、基本的に患者自身が決めることだが、それを補助する目的で、何らかのカウンセリングが必要ではないか。

透析治療を受け始める時点で、カウンセリングの補助によって、何かに焦点を定め、趣味にせよ、資格取得にせよ、仕事にせよ、挑戦することができたら、患者は救われるだろう。

各職場においても従業員を十分に訓練することによって人材不足を解消できるのである。それは、透析の現場においても同じだろう。患者は、カウンセリングを受けてから透析ベッドに横たわることによって、そこで何をして過ごすか、ということに違いが出てくるのではないか。

人材活用、税金の投入、医師や看護師の貢献、透析機械や薬品の使用、投資と利潤などの観点から考えても、ここにはカウンセリングの工夫があったほうが良いと思う。

人材活用という点からだけ言っても、カウンセリングは必要ではないか。人材活用とは、各人の強みを発揮し、組織において、ある共通の目的を達成するために寄与する意味だと思うが、透析患者の場合、たとえ百人いようが、二百人いようが、各人の強みはどこに見えるのか。その個性はどこにあるのか。現状では、個性は埋没し、強みを発揮する機会はなく、たとえ患者が何人いたとしても、皆が一様にテレビを眺めている。これは、恐るべき人材の無駄ではないか。

透析に共通の目的があるとしたら、それは慢性腎不全の患者がそれでもなんとか正常に近い生活を送れるよう援助することだろう。それは、透析ベッドにおいても、追求されるべきではないか。

もちろん、体調の悪い人に、無理に何かをしなさい、と勧めているわけではない。基本的に、できる人ができることをできる範囲でやってゆけばよいのだ。そうすれば、いろいろな面で状況は少しずつ良くなってゆく。

これからの世代のためにも、透析に関する状況改善が望まれよう。

ミッション

色川大吉さんの『明治の精神史』や『明治の文化』によれば、明治時代の日本人には使命（ミッション）があったという。それは、日本を良くしようという意識だっただろうか。使命を抱く国民は、張り切って活発で創造的であると思う。反対に、「展望（ヴィジョン）を持たない国民は滅びる」（『レオ・ロステンのユダヤ箴言の宝典』）という。

ユダヤ人は、ミッションを持っているとよく言われる。それはユダヤ教のミッションである現世を修復しようという考えだろうか。

使命、ミッションを持つことは、透析患者にとって闘病の観点から言って大変良いことだろう。明治時代の日本人や、ユダヤ人のように、国を良くしよう、現世を修復しよう、という考えを、透析患者はもっと身近なものに当てはめて良いのではないか。

たとえば、透析患者が簡単にできることとして、住んでいる地域の環境改善がある。道路のごみを拾っても良いし、公園の掃除をしても良いし、近くに空き地があればその伸びた雑草を抜いても良いだろう。透析患者にとって、これは手軽な運動になるし、自分も何かの役に立っているのだと思い、少し気持ちが良くなるだろう。自分にとっても良いし、道路や公園を利用する人々にとっても、気持ちの良いことだろう。また、空き地を荒廃したまま放置しておくと、雑草が伸び放題となり、そこにごみを捨てたりタバコを捨てたりする人が出てくるから、衛生上問題であるし、火事などの危険もある。それを未然に防いでゆくことも、空き地の隣人としての務めではないか。

僕の書斎の下に駐車場があるが、そこでほとんど毎日雑草取りをするのが、ちょっとした運動にもなって楽しみである。雑草が伸びる暇がないほど、ひんぱんに草取りをしている。下の駐車場がすっきりしているのと、雑草が醜く伸び放題になっているのとでは、大きな違いである。それは、僕の仕事にも影響してくることだ。

また、近所に空き家があるが、その庭の雑草取りも、ごみ出しに行くたびにしている。おかげで以前と比べて、ごみやタバコを捨てる人は、ほとんどいなくなった。ただ、空き家のままにしておくのはもったいない。誰か住んでくれるといいが、どうも残念ながら、庭はきれいになっても、家自体が古くなり過ぎて、「住んでみようか」と興味を引かれる人はあまりいないようである。

ちょっとした工夫

中年の燃え尽き症候群は、新たな挑戦の対象を見出せれば、たいてい治療できるものである。

それは、透析患者の場合も似ているかもしれない。透析生活に入ったからといって、「これで俺の人生は終わりだ」と思うのではなく、むしろ透析時間を活用し、新たな挑戦の対象を見出すことができれば幸いである。そうすれば、透析を受けながらも、それなりに生産的な生活が可能になるだろう。それをしないと、死ぬまで受け身の生活で終わってしまう。

実際、透析患者・難病患者は、弱者である。身体的に弱い立場にいるし、精神的にも弱気になっているかもしれない。特に、災害が生じた時など、非常に不利だろう。

しかし、弱者なりにちょっと工夫して、マイナスをプラスに転化する生き方を探せるのではないか。

ちなみに、学生たちは就職面談の際、人事担当者に尋ねられるだろう。「あなたの強みは何ですか？」「趣味は何ですか？」「やってみたいことは何ですか？」

透析患者も同様に自らに問いかけるかもしれない。「自分の強みは何か？」「趣味は何か？」「やりたいことは何か？」

その答えを目安にして、透析時間を活用できないだろうか。目安に到達するために、今回はこれをしたい、次回はあれをするのだ、と計画してゆく。そうすれば、毎回の透析に目標ができ、時間つぶしでなく、時間管理をしているのだ、という満足感がわいてくるだろう。

仮に透析が四時間あったとしても、それは一年で六百時間を超えてしまい、莫大な量である。それを時間つぶしとするか、時間管理とするかで、長い間に大きな違いが出てしまう。その時間は、できれば患者の趣味や強みに適した有意義なものでありたい。

たとえば、絵をかく。その仲間を探す。会場を借りて、仲間と展示会を開く。

独り囲碁をする。次に仲間と囲碁を楽しむ。囲碁の大会に参加する。

歌を聴く。仲間とカラオケを楽しむ。のど自慢大会に出場する。

読書をする。仲間と読書会を始める。読書感想文を書く。

ユダヤ研究をする。学会で発表をする。論文を書き、本を出版する、など。

定年退職をした人は、それまでの仕事を何か有益なことに振り替えないと、不幸になるのではないか。過去の地位や名誉など、もはや役に立たない。

透析患者も同様である。それまでの仕事を可能な限り継続するか、何か有益なことに移行しないと、不幸になるのではないか。

ちょうど定年退職後の人生を設計するように、透析生活を設計できないものだろうか。透析ベッドで何を目指すのか。目安は何か。逆算して日々すべきことは何か。体調と相談しながら、どのような作業が可能か。どのような設備を使うことが可能か。

ここで大切なことは、何か有益なものを工夫する際、それを楽しくやることである。楽しくなければ、継続できない。

全国に透析患者は、三十万人以上もいるという。僕たち患者が、日常生活において、そして透析ベッドにおいて、どのように振る舞うか。それは、患者個々の生涯の運営にかかわることであり、また、日本の活性化にとって、国民の人材活用という観点から言っても、工夫したらよいことだろう。

同時に、これは透析患者のみならず、いろいろな難病と闘っている人々、寝たきりの人々にも大いにかかわってくることだろう。

ところで、村上春樹さんの『ノルウェイの森』においてミドリは、地図の解説を書くアルバイトをしている。彼女は、おもしろい逸話をちょっと盛り込むことで、読者を喜ばせ、地図会社の担当者に「あの子は文章が書ける」と感心させ、結構いい収入を得ている。

こうしたちょっとの工夫が、長い目で見ると大きな違いを生み出すのではないか。透析ベッドでの工夫の積み重ねが、長い闘病生活で大きな違いを生み出すのではないか。患者自身も工夫を考え、また、周囲も何らかの提案を生み出せないだろうか。

ちょっとした工夫をすることで、自分が少しずつ変わってゆく。自分が変わってゆくことで、見る世界も変わってゆく。透析治療室の光景や（沢田研二さんの歌ではないが）「外の景色も変わってゆくだろう」。

ピーター・ドラッカーは言う、「大小の変化が、自己を活性化させるために大切である」（『非営利組織の運営』）と。

ユダヤ教は、「ユダヤ人として生まれたからには、聖典に関する解釈を少なくとも一つ付け加える」（『ユダヤ教案内』）よう説く。透析患者が少なくとも一つの工夫を考え出してゆけば、それが集まって大きな力となるかもしれない。一人の工夫には限りがあるが、多くの患者の工夫が集まれば、いろいろ発展が望めるのではないか。

知的障害者や身体障害者も、それなりの強みを発揮して生産的に過ごしている。障害者は、自分のハンディキャップを補うために仕事に工夫をするから、効率的になれる。健常者はそれを見て励まされ、職場の士気が上がる。こうした意味で、職場では一定の割合で障害者を雇い入れる傾向があるという。

確かに、透析とは、患者にとって追いつめられた一種の極限状況である。しかし、こういう時にこそ、生涯学習のテーマがあれば、ないしは仕事以外の真剣な趣味があれば、心が折れることはない。精神的に負けないということである。これは闘病にとって大切なことではないか。精神と肉体の関係は濃密なものであるから、精神的な張りがあれば、それは、闘病の助けになるだろう。精神のギアを上げるのである。時間の質も上がるだろう。

闘病とは、単に呼吸をして生きながらえることではない。闘病をしながら、社会の一員として、生産性を維持し社会に貢献し、自らの生活の質を上げるよう努めることである。

医療は日進月歩である。そうした状況において、透析患者だけが取り残されてはいけない。

たとえば、十年たって、「透析のおかげでこれができたよ！」と振り返ることができたら、幸せではないか。これこそ楽しい透析である。

逆転の発想

透析生活に入ったことは、不幸なことかもしれない。多くの人は、透析を始める際、鬱状態になるという。それに、週三回も各四～五時間、透析ベッドに拘束されるのであるから不便である。

また、何らかの緊急時、災害時のことを考えると、不安が増す。そのようなとき透析患者は、無防備な状態にさらされ、弱点をさらけ出す。

しかし、「人間万事塞翁が馬」。この不運な状況でも何とか工夫してやってゆくしかない。やり方次第では、この不遇が何らかの成果をもたらすかもしれない。

むしろ透析によって週三回まとまった時間を確保できる、という逆転の発想である。ベッドに拘束されていることは確かであるが、片手は自由に使え、ベッドで起き上がり、そばのテーブルを使用できる。ベッド自体を折り曲げ、背もたれも作れる。テーブルで読書をし、メモを取り、執筆に励むことができる。それに疲れたら横になって休み、テープやＣＤを聞くことができる。照明は十分だし、病院スタッフは親切だし、おまけに冷暖房完備である。もしかしたら、透析ベッドに拘束されている状態は、神が与えた試練なのかもしれない。「この状態で何ができるか、工夫してみよ」というわけである。

それに対して、鍵となる言葉は、「生涯学習」と「仕事以外の真剣な趣味」であろう。たとえ六十代～八十代の患者であっても、生涯学習や仕事以外の真剣な趣味を求め、奮闘し飛躍することは可能ではないか。

透析ベッドでの貴重な時間を用いて、何か企画を立てられないものだろうか。一人では考えに限りがあるが、各患者が知恵を絞ったら、いろいろ名案が出てくるかもしれない。

僕は透析自体を必ずしも悲劇と思わないが、透析によって、無為の生活に陥ったり、生活の質が下がったりすれば、それは悲劇だろう。

ところで、海外に赴くなど、自分を異なる環境に置くと、普段と異なる考えが浮かぶことがある。透析に週三回通うことも、異なる環境に身を置く例になるだろうか。そこで毎回何らかの良い考えが浮かんでいるだろうか。

また、僕は月に一回、千葉県に帰郷し、空き家同然となった実家の掃除をし、畑の草刈りをし、山の手入れをしているが、そこに宿泊し普段と異なる仕事をすると、研究の新しい考えがわいてくることがある。

さて、「人は生まれ出た瞬間から死に向かって歩いている」ことは、池波正太郎さんの作品を貫く思想だが、人が確実にわかっているのは、このことである。特に透析患者の場合、健常者と比べて、おそらく平均寿命は短縮されているだろうから、なおさらのこと、これは切実なものだ。

しかし、逆転の発想によれば、死を意識して生きるのは良いことである。いかに生きるかを真剣に考え、それを実践しようとするからである。難病のために寿命が短くなっているのなら、残された道は、「時間の質」を上げて補うしかない。これが透析患者の基本的な態度であるべきだろう。

また、「国が繁栄しているかどうかは、そこで老人たちがいかに扱われているかで分かる」（『レオ・ロステンのユダヤ箴言の宝典』）という。確かにそうだろう。ただ、これを逆転していえば、「老人たちが張り切って、切磋琢磨していれば、それが国の繁栄に貢献する」ことだろう。幸いにして、老いても心身ともに壮健な人も少なくないので、社会貢献も可能であろうし、社会のほうでも意欲ある老人が働けるような体制を工夫して欲しいものである。

この「老人」という言葉を「透析患者」と置き換えても、同じことが言えるだろう。

さらに、「展望がないところでは、国民は滅亡する」（『レオ・ロステンのユダヤ箴言の宝典』）という。せめて身体の動くうちは好きなことを学び、好きな趣味に没頭したいものである。これを、展望の一つにできたらいいだろう。

前述したように、慢性腎不全によっておそらく平均寿命が短縮されているのなら、それを目安にして、逆転の発想で生きてゆこう。「目安を達成するために今日は何をしようか」という逆算の人生である。そして、「ささやかだけど今日はこれだけの達成があったよ」と満足して日々を終えよう。もちろん、途中で倒れる場合もあろうが、それは致し方ない。せめて倒れるまで、楽しんで生きよう。

ホロコースト生存者であり著名な精神分析医でもあるヴィクトール・フランクルは、『夜と霧』の中で、「死の床に横たわって人生を振り返る」ことを描いている。これも逆転の発想である。

「透析のおかげで、これができたよ」と感謝の念を持って振り返ることができれば、幸せではないか。透析という一見マイナス状況を、プラスに転化したことになるからである。透析人生、まんざらでもないよ。

流浪と透析ベッド

透析患者にとって、ユダヤ人の流浪（ディアスポラ）の歴史より得られる教訓は有益である。たとえば、どこへ行っても裸一貫でやり直せる意気地やそのフットワークの軽さ。そして、透析ベッドで何ができるか、と問いかける姿勢は大切だ。状況の変革のために具体的な戦術は何か、と問いかけることだ。

歴史を振り返れば、紀元七十年、ローマ軍によって第二神殿を破壊され、故国を失ったユダヤ人は、二千年にも及ぶ流浪を余儀なくされた。その過程において、ある国に定住し繁栄を勝ち得たとしても、その国に何らかの問題が起これば、不条理にもその罪を着せられて追放され、また別の国に庇護を求めるという繰り返しだった。それは厳しい生活であったに違いないが、半面、プラス面もなかっただろうか。すなわち、彼らは多文化や多言語に触れ、絶えず変化にさらされる中で、それを変革の機会とし、それを事業の発展へと変えてきたのではなかったか。彼らは逆境の中でも、マイナスをプラスへ転化し、状況の変革を目指してきたのである。これは流浪の影響だろう。

実際、ユダヤ人が長期に及んだ流浪の中で、滅びることもなく、マイナスをプラスへ変え、民族の核であるアイデンティティを守り、民族の団結を維持してきたことは驚くべきことだ。それは、彼らが精神的な核として聖書やその注解タルムードを携え、精神的な指導者ラビやユダヤ教会堂（シナゴーグ）を活用し、相互援助制度を保持しえた成果だと見なせよう。

ちなみに、興味深いことであるが、僕たちが透析ベッドで読む村上春樹さんの作品にも、流浪の影響を見て取ることができるだろう。

村上さんは、日本文学の伝統から生まれたというより外国文学よりいろいろ学び、発展してきた作家である。村上さん自身がヨーロッパやアメリカなどに移り住んで執筆し、「この世界のどこにも何にも属していないという実感」を抱き、「自分が単なる一人の無能力な外国人、よそ者でしかない」と思い、「差別されたり、あるいは部外者として排斥を受けたりしている」（『やがて哀しき外国語』）と言う。そして、村上さん自身や彼の作中人物たちは、多文化に触れ、多言語（ドイツ語、フランス語、スペイン語、ギリシア語、イタリア語、トルコ語、中国語、英語など）を用いている。

村上さんの作品を見ると、『海辺のカフカ』の主人公は、「事件のカギを握る放浪のプリンス」であり、彼が漂う「世界は広く、そこには不思議な事象や奇妙な人々が充ち充ちていた」。また、『ノルウェイの森』において、主人公ワタナベは、ひたすら町を歩き回り、リュックの寝袋を担いで独りで旅行し、どこへというあてもなく町から町へと移動してゆく。

そして、『1Q84』の天吾は、「七年のあいだこの部屋で暮らし、週に三日予備校で教えてきたが、ここが自分の生活の場だという感覚を持ったことは一度もなかった。流れの中に浮かぶ浮島のような、一時しのぎの居場所に過ぎなかった」と述懐している。

これらは、ディアスポラのユダヤ人の特質でもある。こうした流浪の特質を帯びる村上さんの作品を透析ベッドで味わうことは、たまらない魅力である。

ところで、僕が毎日十数冊の本を交互に読み、数編の論文を書いているのは、流浪の疑似体験である。障害者になる以前は毎年リュックを担いで海外を飛び回っていたが、それが無理となったので、その哀しき代替えである。

さて、ノーベル文学賞を受賞したユダヤ系アメリカ作家ソール・ベローは九十年に近い人生において、実に豊かな旅を続け、その作品には彼が人生行路で出会った思い出が結晶している。

たとえば、『オーギー・マーチの冒険』では流浪してより良い運命を求める。また、『雨の王ヘンダソン』はアフリカを流浪し、人生の修復と医師としての新しい道を探す。そして、『ハーツォグ』は多くの思想を流浪した後、静謐の境地に至り、次の段階を目指す。

僕が流浪のテーマ、そして村上さんやベローに関心があるのは、それが透析患者としての存続と深くかかわるためである。

村上さんやベローを含めて作家は、カフェや喫茶店を巡りながら仕事をしている場合がある。一種の流浪である。書斎へこもるより、そのほうが世間との交わりの中で、ある程度の緊張感を持って仕事ができるのだろう。

そこで透析室を、カフェや喫茶店に見立てることはどうだろうか。片腕が使えないことを除けば、治療室も悪い雰囲気ではない。透析ベッドを活用すれば、本を置けるし、パソコンも設置できる。四〜五時間も透析時間があるのだから、けっこう仕事がはかどる。

加えて、透析室に熱いコーヒーでも出てくれれば、申し分ないが、その気になれば、それを魔法瓶に入れて持参できるだろう。

以上は流浪にまつわる僕のささやかな感想だが、透析ベッドでほかにどんな変革が可能だろうか。

ユーモア精神

透析生活では、ややもすると弱気になってしまう。十分に機能しない腎臓を抱えているのだから、「もう先は短い」などと悲観的になってしまうかもしれない。そのようなとき、ユーモア精神が助けになってくれると思う。

不思議なことに、差別や迫害を経てきたユダヤ人には、逞しいユーモア精神がある。彼らは、逆境に耐え抜くために、ユーモア精神を発揮せざるを得なかったのだろう。

その一例を挙げよう。場所はニューヨークのユダヤ人ゲットー。手押し車で細々と行商を営む親子のところへ、信用ならぬ目つきをした男が近づき、はさみを買う。息子が（ユダヤ人の言語である）イディッシュ語で「おとうちゃん！」と父親の注意を引くが、父親は「黙っていな」と返答する間に買い物は終わってしまう。「おとうちゃん、どうして止めたんだい。僕、見たんだよ。あのお客、はさみを一丁ちょろまかしたんだよ」「心配などいらんよ、わしはちゃんと請求してやったよ」「おとうちゃん、じゃ、二丁分払わせたの？」「うんにゃ、三丁分じゃよ！」（『ユダヤのユーモア百科事典』）

ここには、ユダヤ人の父親と息子の関係に加えて、たくましいユダヤ商法がユーモアを含めて垣間見られるのではないか。すなわち、手提げの行商、手押し車の行商、荷馬車の行商へと進み、コツコツと小金をためてやがて雑貨店を購入し、さらには大百貨店の経営者へとのし上がってゆく過程である。大百貨店とは、たとえば、メイシーであり、ブルーミングデイルであり、ギンベルである。

ところで、ギンベルといえば、ユダヤ系アメリカ作家アイザック・バシェヴィス・シンガーの短編「馬鹿者ギンペル」が容易に想起されよう。この短編が評判を勝ち得た理由をインタビューで尋ねられたシンガーは、「有名百貨店のギンベルと誤解されたおかげでしょう」とユーモアで返している。

こうしたユーモア精神を発揮するのは、ユダヤ人と似た体験を経た他の民族でも同じだろう。

また、それは、透析患者にも当てはまることだろう。透析治療室において、日常生活において、また、様々な人間関係において、ユーモアを潤滑油としたいものである。『夜と霧』、『意味への意志』、『死と愛』などで生きる意味を探求したホロコースト生存者で精神分析医であるヴィクトール・フランクルもユーモアの意義を強調している。いかなる状況でも人には最終決断をする内面の自由が残されているのだと彼は訴え、強制収容所においても、友人と日に一回はユーモアを語り合ったという。それは、いかに強靭な精神であったことか。

フランクルは言う、「内面が豊かな者は、外見が頑健に見えた者よりも強制収容所の状況により良く耐えることができた」(『夜と霧』)と。そして、「人間の存在は足を失うことによって意味や内容をすべて失うならば、きわめて貧しいと言わねばならない」(『死と愛』)と述べるが、これは豊かな内面に裏打ちされた言葉であると言えよう。

さらに、彼は「避けがたい苦難など、人生の悲劇的・否定的な局面でさえ、人生の達成に変えることができよう。それは不遇に対し人がいかなる態度を取るかによるのである」(『意味への意志』)と説く。

「ユダヤ人は、片足を折れば両足でなくてよかったと神に感謝し、両足を折れば首でなくてよかったと神に感謝する」（『レオ・ロステンのユダヤ箴言の宝典』）。

ちなみに、難病と闘い、創作を生涯にわたって展開した三浦綾子さんの『氷点』においてある登場人物は「足をケガしたら、手はケガをしなくてよかったと思うのかい？」と問う。これはユダヤ人のユーモア精神と響き合う言葉ではないか。

透析患者の立場よりユーモア精神をいかに活用できるかは、まさに挑戦である。「さあ、透析ちゃんとデートでもしてこようか」という気持ちであろうか。

精神的に折れない

精神的に折れない。これは闘病生活を送る者にとって、大切な基本だろう。なにしろ、体力と気力は関連しており、気力が失われると、体力もがたがたになってしまう。その逆もまた真である。そうなると、生命力が失われ、ぼーっと過ごすようになってしまう。どうしたら、このような状況を防げるだろうか。

根本は、残りの人生を、何を目安に生きるのか、展望に基づいた具体的な目標をたてることだろう。将来に対して目標を持ち、まだやり遂げるべき仕事が残っているのだという気持ちが、折れない心を作るのだろう。将来に希望を持ち続ける限り、身体の抵抗力も維持でき、病気と闘う気力が出てくるだろう。精神と肉体は、相互関連を持つことを忘れてはいけないと思う。

ふと池波正太郎さんの『おとこの秘図』を連想してしまう。主人公は、江戸時代に大旗本の側妻に生まれたため、周囲より冷遇視されるが、彼を愛する乳母やその父親を精神の支えとして、また、剣の道に打ち込むことによって、青年時代を生き抜き、その後、旗本として将軍を助け、江戸の犯罪取締りに立派な業績を挙げてゆく。さらに、ふとしたことで始めた画業に没頭し、そうした趣味のおかげで豊かな人生を送り、当時としては長命の六十八歳で他界してゆくのである。彼の人生を振り返ったとき、剣の道と画業が、彼の精神を支え、豊かな人生へと導き、生産的な生涯を送らせたと言えるだろう。

彼は、別に特別な人ではないが、誰でも没頭できる対象を見つけ、それを楽しみながら生涯を送っていれば、それなりの段階に到達できる、ということを示しているのではないか。もし彼が透析患者になったなら、工夫してその没頭できるものを、透析ベッドの上で継続してゆくことだろう。

中野孝次さんの『足るを知る』にも、「自分の好きなことに没頭し、生きることを楽しむ」とあるが、これは透析患者にもできることであり、精神的に折れない方法であると思う。透析ベッドで自分の好きなことを見出せたら理想的である。

僕の場合、ユダヤ研究、歌の練習、そしてささやかな福祉活動を定年退職後の三本柱と考えている。何か挑戦するものを持っていたほうが、退職後の心身に与える効果はぐんと高まるだろう。『おとこの秘図』の場合は、深夜に独りで画業を楽しむという世界を持っていたことで、もろもろの悩みから解放されただろう。何も仕事をしなくなれば、ボケ老人になってしまうのではないか。

振り返ると、苦難とは相対的なものだと思う。僕にとっては、高校時代の柔道部の練習が最もつらいことだった。特に冬の寒稽古はきつかった。それに参加するために、朝はまだ暗いうちから家を出、寒風の中で自転車を走らせ四キロ先の駅に向かう。それから電車で三十分以上、また徒歩で高校まで十分だった。柔道場の畳は氷のように冷たかった。寒稽古を済ませて授業、そして体育の時間にも柔道、そしてさらに放課後に柔道。暗くなってから家路につくころは、もうくたくただった。帰宅すると、父がよく言ったものだ。「こんなに働いていたら、金持ちになるよ」。

ただし、柔道の練習がきつかった分、小さなことが大きな楽しみだった。練習後に飲む水のおいしかったこと。そして、練習後の解放感。きつい柔道の練習に比べれば、そのほかのちょっとしたつらさは大した苦にならなかった。あの当時の大きな苦しみと、そして大きな喜びを、その後の人生で再び体験することはあまりなかった。

振り返ると思う、高校時代のあの厳しい柔道の練習が、精神的に折れない基盤を作ってくれたのだと。あれから半世紀になるが、今でも連絡を絶やすことがない柔道部の仲間に深く感謝している。

第二の人生

定年退職後を第二の人生と呼ぶとすれば、ある意味で、難病に侵された後も、第二の人生と言えるかもしれない。

いずれにせよ、医学の進歩、飲食物の改善、冷暖房の完備などによって平均寿命は延びているが、それは感謝すべきことだろう。定年退職後も、二十年～三十年という歳月が待っている。素晴らしいことではないか。人生五十年の頃、労働年数はせいぜい二十年であり、人々は肉体労働に疲れ果て、世を去って行った。それが今日では、知識労働者が増え、肉体の消耗はそれほどひどくない。定年退職後の二十年～三十年を、「第二の成人期」と呼べるかもしれない。

問題は、第二の人生をどうやって生産的に過ごすか、である。それは今後、誰にとっても課題となってくるだろう。

それは、いくら平均寿命が伸びたからと言って、単に呼吸して生き延び、テレビを漫然と観て過ごすのでは、あまり意味がないからである。

それでは第二の人生でどのようなことが可能だろうか。

まず、そのための準備を、退職する十年～二十年前より始めたほうがよいと思う。第二の人生では、とりわけ自己管理や時間管理が大切になってくるだろう。勤務していた時期は、仕事、残業、仕事明けの交際など、外部から時間が設定されていた。自分で時間を管理するより、外から指令を受け動いていたと言うほうが事実だろう。他者に動かされ、雑務に追われていたのだ。じっくり自分を見つめる余裕はあったのだろうか。

そこで退職し毎日が日曜日になると、何をしたらよいのかわからない。ここで何らかの研究テーマ、趣味、打ち込める対象がない人は悲惨だろう。

さて、透析の場合、「腎臓がこの調子では、透析になりますよ」と医師に警告されてから、その準備を始める患者がどれだけいるだろうか。「自分はこんな趣味を」、「こんな資格取得を」、「こんな音楽を」、「こんな勉強を」などと具体的に準備しておかないと、状況に流され、透析ベッドで漫然とテレビを観る生活に陥ってしまう。

第二の人生に至って、初めて自己管理や時間管理の大切さ、必要さを感じている人もいるだろう。

僕の父の場合を書いておこう。

父は若い頃病弱であり、条件の良かった町役場の仕事を断念し、村の農業協同組合の貯金課に勤め、五十五歳で定年退職となった。僕は高校生の頃、年末に農協の配達を手伝っていたから、父の職場に詳しい。父は時に帰宅が遅いことがあったが、その理由は、僕自身が高校を卒業し、郵便局で貯金を担当して分かった。父は貯金の収支が合わなくて、帰宅が遅くなったのだ。時には不足の穴埋めをしたこともあったようだ。

父が定年を迎えた時、退職金は微々たるものだった。僕の弟が、小型のオートバイを買ったら消えてしまったような額だった。

そこで父は定年後、冬でも朝五時に起き、マイクロバスに乗ってはるばる京葉工業地帯まで出稼ぎに行った。僕自身も高校時代に一ヶ月ばかり京葉工業地帯で働いたから、そのつらさを体験している。当時、通勤の道路が悪く、身体が大いに揺れ、頭がバスの天井にぶつかった。また、仕事中、僕は造船のパイプで危うく指を怪我するところだった。父はそうした仕事を何年も続けてくれたのだ。その結果、工場の騒音のために父は難聴になってしまった。そうした仕事を解雇された後、父は家で畑仕事をしていた。ビニールハウスを作り、野菜を栽培したのだ。父が亡くなる前に作っていたスイカが、その年は大当たりだった。父の死後、「これはお父さんからの贈り物だね」と家族で話し合ったものだ。

ここで回想して改めて思う。父なりに第二の人生を懸命に生きていたのだ、と。

定年退職までの人生が恵まれたものでなかったとしても、生涯運営計画によって、第二の人生で自分が本当にやりたいこと、たとえ金銭的に恵まれずとも自分の存在意義を感じられるような仕事を得られたなら、その人生は「全体として実り多いもの」と回顧できるのではないか。

仮に第一の人生が不遇であったとしても、それで終わるわけではない。まだ第二の人生が残っている。それを充実できるのであれば、「終わりよければ、すべてよし」となるのではないか。

透析人生を充実できれば、同様のことが言えるだろう。

非営利組織の働き

人は、定年退職後の第二の人生において、自己の核やすそ野に基づき、有意義な目的に向かって暮らし、最期を飾れるならば理想的である。たとえば、そこでは適切な非営利組織に属し、自己の強みを生かした奉仕活動に携われば、生き甲斐を感じることができるだろう。ドラッカー著『非営利組織の運営』によれば、非営利組織とは、個人、そして社会を変革する媒体である。巨大組織である政府の手が回りかねるところを補い、人や社会の円滑な運営を助けるのである。それによって人生や社会を向上させ、共同体の一員として責任ある市民を養成するのである。

非営利組織の経営者や奉仕者は、組織のミッション（使命）を認識し、ミッションを体現するよう努めねばならない。また、そのミッションとは具体的であり、機能するものでなければならない。

定年退職後の人々が、社会貢献を目指し、人生の最期を飾るべく非営利組織に集まってくるだろう。彼らは意義ある活動を望んでおり、そのように動機の高い人々をいかに適材適所に就かせるかが、経営者の腕の見せ所である。

営利を目的としない組織であるからこそ、そこでは経営が重要な役割を果たし、ミッションを充足してゆくのである。そこでは、資金や人材を適材適所で活用してゆくことが、経営者の腕である。

ところで、三浦綾子さんの『氷点』には、入院した銀行員の逸話が挿入されてある。彼は、病気より回復するが、病院の窓より飛び降り自殺してしまう。職場では、彼がいなくても、営業は進行し、業績はむしろ向上していたのだ。それでは、職場における自分の存在価値とは何か、と悲観的に考え、自殺してしまったのだ。

もし、彼に仕事以外に打ち込む対象があったなら、また、折々に非営利団体で奉仕活動をしていたなら、事態は違っていただろう。

人は、単一のことにのみ精力を傾け過ぎることは危険である。仕事以外に没頭できるものを含めて、複数の世界で生きる工夫があれば、一つの世界でしくじっても、完全に打ちのめされることはないだろう。

さて、非営利団体として「難病患者を支える会」を想定し、その効率的な運営を考えてみよう。そこでのミッションは、患者がいかに難病と闘い、生産性を維持し、創造的に生きてゆくかを問うものである。そこでは、スタッフの構成、理事会の組織、活動資金の獲得、難病患者へのカウンセリング体制、などが問われるだろう。

村上春樹さんの『ノルウェイの森』に精神を病む人たちの療養所が出てくる。これは非営利団体である。京都の人里離れた地域に建てられてある。医療従事者と患者たちが助け合って、施設を自営できるよう努めている。食料品はほとんど自給自足であり、患者は、読書をし、音楽を聴き、運動をし、農作業をし、規則正しく暮らす中で魂の治療に努めている。小さなスーパー・マーケットもあるし、美容師は毎週通ってくるし、週末には映画も上映されるという。専門知識が豊かな患者が多く、互いに教師となって教え合っているという。

こうした非営利団体に属し、奉仕活動を実践する人が増えてくれれば、それは組織や個人の発展のために望ましい。そこで難病患者は、奉仕活動を通してより積極的な生き方を求め、自己の革新を達成できるかもしれない。

透析患者のグループで、たとえば、日曜日を利用し、道路や公園の清掃などを担当し、作業後に懇親会やカラオケを楽しむことはどうだろうか。

ユダヤ研究者が透析患者になったら

前述したように、二十代初めに在日米軍基地で働くようになったことを一つの契機として、僕はユダヤ研究にのめり込んだわけである。

そして、紆余曲折を経て経営学部の教員となったことは、ユダヤ研究者として誠に幸いであった。

経営学とは、組織の効率的な運用を学ぶとともに、人の生涯の効率的な運営を考える学問である。

しかるに、ユダヤ人とは、差別と迫害の歴史を潜り抜け、存続してきた人々である。彼らは厳しい状況の中で、組織や人生の効率的な運営を編み出さねば生きてゆけなかった。したがって、逆境を経て、生き抜く叡智を生み出してきたのである。

そうした組織や人生の効率的な運営を、ユダヤ人の文学・歴史・宗教・商法を通じて探ることは、大変興味深い研究ではないか。

幸いにも、ユダヤ研究は、経営学部のカリキュラムとうまく響き合い、たとえば僕が担当した「ユダヤ文化とビジネス」や、ドラッカーの原書を用いた「国際文化演習」や、ユダヤ研究と国際理解をテーマとした「経営総合演習」でも、受講生たちと有意義な交わりを展開できたのである。

そして今、僕は透析患者となって人生の岐路に立たされている。これまでやってきたユダヤ研究を応用し、これからの人生を運営してゆかねばならない。透析を契機として、僕はこれまでの研究に関して「応用問題」を投げかけられた形である。

ここで躊躇し、ひるんでいたのでは、これまでの研究は何だったのか、ということになってしまう。

応用問題の回答を得るために、日々いろいろ工夫してゆこう。

ところで、木田元さんの『闇屋になり損ねた哲学者』という本は面白かった。戦後、闇屋をやって生き抜き、生涯を哲学や文学に賭け、ハイデガー研究に沿って自己の核とすそ野を築いた人の著作である。

いっぽう、僕が今書いているのは、「ユダヤ研究者が透析患者になったら」という設定である。『もし高校野球の女子マネージャーがドラッカーのマネジメントを読んだら』という本とも響き合うかもしれない。

それにしても、日本人としてなぜユダヤ研究をするのか。この問いは興味深いものかもしれない。日本に住んでいるユダヤ人は麻布や神戸や横浜を含めてもごく少数であるし、僕たちは日常生活においてユダヤ人に接する機会はほとんどない。大戦中に杉原千畝などがユダヤ難民を救助した話を聞き、戦後日本の復興にベアテ・シロタなどのユダヤ人が貢献したという話題はあっても、ユダヤ人と日本人の関係は多くないように思われる。

それにもかかわらず、日本の書店にはユダヤ関係の本が多く並んでいるではないか。ユダヤ人は少数であるにもかかわらず、マスメディアに占める割合は多く、同様に、小国であるイスラエルがニュースになることも多い。

さらに、僕たちは、ボブ・ディランと音楽産業、ココ・シャネルと化粧品、イスラエルとハイテク産業、マーヴィン・トケイヤーや藤田田の『ユダヤ商法』、そしてコーヒーのスターバックスなど、意外とユダヤ人とかかわりを持って日常生活を営んでいるのではないだろうか。

それでは、ユダヤ研究の利点とは何であろうか。

それは先ず、僕たちの生涯運営計画を築く上で有益である、ということだ。ユダヤ教は非常に実践的であり、その戒律は日常生活の運営をつかさどり、その叡智によって生涯を導いてくれる。僕は、聖書や『ユダヤ教案内』やドラッカーの著作を毎日愛読しているが、それは生産的な生涯を求めてゆくうえで、有益ではないかと思う。生涯の目標を持ち、それを達成するために今日は何をすべきか、という「逆算の」行動様式を導いてくれるのである。

僕たちは、生涯の運営を考える上で、たとえば、一方で、池波正太郎さんを愛読し江戸時代より学び、また、色川大吉さんの著作から明治維新の知的刺激を得、他方で、ユダヤ研究より生きるための叡智を獲得することができるだろう。

僕は、四十年以上もユダヤ研究を楽しんできたから、透析生活に入っても、研究が継続できるとわかったら、うれしかった。研究も楽しくなければ、継続できない。それは、定年退職し、もう「経営総合演習」もない、「国際文化演習」もない、だから「研究なんてしんどいから、もうや～めた」と言うものではない。また、もし、僕が透析という事実の前に、へなへなになって、「研究なんか、もうや～めた」となってしまったら、どうだろうか？「お前の研究とはその程度のものだったのか」と誰かに言われるかもしれない。だいいち、自分自身がそう思うだろう。差別と迫害と流浪の歴史を潜り抜け、諸分野で成果を発揮してきたユダヤ人の研究をしてきたわけであるから、透析に負けて研究を放棄するようでは、どうしようもないのである。基本的に、研究は楽しく、それが生きがいの一つであるから、何が起こっても、それを継続するのだ。

また、以下のような人々が透析患者になった場合も、同じように言えるだろう。

牧野富太郎のような人だったら、透析ベッドで植物学の研究を続けるのではないか。

坂田三吉のような人なら、将棋ソフトを用いて独り将棋に打ち込むだろう。

黒田清輝のような人だったら、片手でデッサンを楽しむかもしれない。

そこでピーター・ドラッカーは問う。「あなたは何によって記憶されたいか？」と。これは、人が生涯運営計画を立てる上で重要な問いだろう。
僕の答えはこれである。「ユダヤ研究を継続した透析患者として記憶されたい」。

生涯学習について

生涯学習とは、机に座って読書や執筆をするというだけの意味ではない。それは、広い意味で、僕たちが長期にわたって生産的に生きるために必要な知識を得ることだ。たとえば、結婚、育児、住居、飲食、趣味、職業、老いなどに関して、生産的に生きるために学ぶべきことは多い。

日々たとえわずかずつでも学んでゆかなければ、生きている意味がない。それは、透析患者、難病患者者も同じである。

生涯学習に励む人にとって、透析は楽しいだろう。少なくともそれほど苦痛ではないだろう。透析が生涯学習の機会や時間を与えてくれるからである。透析によって週三回、各四〜五時間を拘束されるという考えもあろうが、逆転の発想によれば、それだけの貴重な時間を確保していることにもなるだろう。それを有効に使わなかったら、もったいない。

もちろん、治療中であるから、体調にも気を使わねばならない。僕も、透析中に血圧が急降下することがあるので、そうなったらベッドに起き上がっているわけにゆかず、静かに寝ていなければならない。ただし、そうなったら、テープやＣＤを聴いて、語学や音楽を楽しんでいればよい。

体調に関して、各患者に事情があるだろうから、それを考慮したうえで、各患者が時間管理を工夫したらよい。

ところで、玉川大学出版局などから多くの参考書が出版されているが、生涯学習は社会にどれほど浸透しているのだろうか。広い世間には生涯学習の好例を見出せるだろう。たとえば、視点を若い学生たちに向けるなら、僕の「ユダヤ文化とビジネス」のクラスで、毎年三百名の受講者は、核とするそ野、生涯学習、生涯運営計画を含めた内容に関して、まじめに意見を書き、励みを与えてくれることも少なくない。

若い学生たちは時代の変化を敏感に感じ、意識の変革を示しているのだ。すなわち、大学を卒業したら、勉強が終わりになるわけでなく、それから生涯学習が始まるのである。激変の時代において、知識を絶えず吸収していなければ、効率的に生きてゆくことは難しい。また、ドラッカーの説く「知識労働者」として生きてゆくのであれば、絶えず知識の吸収が必要である。

若い学生たちに加えて、百歳を過ぎても活動を続けた日野原重明さんや九十歳を超えても執筆活動を継続している瀬戸内寂聴さんや、放送大学で学び続けている九十代の人々がいる。したがって、生涯学習において教員が対象とすべきは、こうした若い学生たちと意欲のある成人である。これらの人々の潜在能力は、今後どのように発展するか楽しみである。教師に可能なことは、その潜在能力がいつか開花するよう知的刺激を与えてあげることであろう。

ところで、生涯学習の対象は、たまたま学習者が生まれ落ちた時代や環境に限定される必要はない。僕の場合、ユダヤ研究に打ち込みながら、十九世紀アメリカ作家ヘンリー・デイヴィッド・ソローの生き方に惹かれ、また、江戸時代や明治維新からも学びたいと願っている。生涯学習は、時空を超えた学習対象を求めることが可能であり、また、それが望ましいことなのである。

昔、東欧のユダヤ社会において、三歳の男子を幼年学校（ヘデル）へ初めて連れて行くとき、教師や両親は子供に蜂蜜や菓子を与えたという。それは、「教育は甘美なり」という思想を三つ子の魂に刷り込ませる儀式であった。実際、学ぶことは、甘美なことであり、知らないことを知る大きな喜びなのだ。この思いが続く限り、生涯学習は達成されてゆくだろう。少数派であるユダヤ人の間からノーベル賞受賞者が排出されてきた秘訣は、こうした幼時体験に見出せるのかもしれない。

また、ユダヤ人の場合、聖書の注解であるタルムード研究に顕著に見られるように、絶えず問いを発し続ける。多面的な注解作業が次々と問いを生み、議論が果てしなく続く。

ある時、僕はユダヤ系経営コンサルタントを大学に招き、半日を共にしたが、彼は滞在中、問うことをやめなかった。問いを発し続け、その答えを探求してゆく過程が、生涯学習への道程となってゆくのだ。

ユダヤ研究は、文学・歴史・宗教・商法を含めて幅広い知識を要求する分野だが、それにしても、自らの分野にのみ閉じこもっていたのでは、先細りしてゆくかもしれない。むしろ、関連するほかの領域に「芋づる式に」踏み出してゆくことは、異なる領域の相互関連を学び、それが自らの立ち位置を確認させ、興味深いテーマの発見へとつながるかもしれない。専門分野はそれぞれ自律している面もあるが、孤立して有効に機能できるものではなく、むしろ互いの専門知識をうまく取り入れ、相互関連を確かめながら、互いに発展を目指すほうが成果も挙がり、得策ではないだろうか。

いずれにせよ、生涯学習を継続すると漠然と誓っているだけでは、それを達成することは難しく、具体的な準備が不可欠である。

十年、二十年、三十年先に向けて研究テーマを設定し、そのためのファイルを作り、参考文献を整え、それを徐々に読み、ひらめいた考えを該当するファイルの小見出しに挿入してゆく。一寸先は闇であるという現実や、人生の紆余曲折を経ながらも、生涯学習の計画を練り、それを柔軟に修正してゆくことが望まれよう。

定年退職後も執筆活動に励むためには、十〜二十年前からの準備が必要である。具体的には、思いついた執筆テーマをファイルし、浮かんだ内容を前もって書いておき、参考文献を読んで、役立つ内容をメモしておく。機会があれば、テーマに関する講演をして、聴衆の反応を窺う。そして、論文やエッセイを、共著や単著にまとめてゆく。

こうした準備をしておくわけは、定年退職後に予想される体力・気力の衰えに対処するためである。前もって書くことを準備しておけば、衰えゆく体力・気力によっても執筆活動を継続できるだろう。

定年退職によってしりすぼみになってしまうか、それとも生産性を維持するか。それは、生涯学習と生涯運営計画にかかっている。

絶えず学び、そして学びなおす。知識労働者として生きてゆくのは、この道であろう。生涯学習の過程において、人生に不可避的に伴う失敗や失望も修正されてゆくかもしれない。

今後、生涯学習を実践する人が増えてゆくなら、それを（夜間）大学、大学院や放送大学などでいかに受け入れてゆくか、が問われてゆく。

ところで、興味深いことに、ノーベル賞候補である村上春樹さんの作品には、大学卒業後に多くを学んだという作家自身の体験を反映してか、正規教育を受けずに、きわめて優秀な人間に成長している例が少なくない。たとえば、科学者の娘は、六歳のときからずっと登校していないが、それでも四つの外国語を操り、楽器を演奏し、通信機を組み立て、航海術や綱渡りも習い、料理や射撃も得意である（『世界の終わりとハードボイルド・ワンダーランド』）。また、図書館に勤める大島さんの場合、必要な一般知識を読書によって獲得したという（『海辺のカフカ』）。さらに、『ねじまき鳥クロニクル』に登場する笠原メイやシナモンは、正規の教育機構から外れているが、かえって興味深い人間になり、その才能を伸ばしている。彼らのような人々こそ、生涯学習の成果を発揮していると言えよう。

「老いは、学ばぬ者には冬、学ぶ者には実りである」（ユダヤ人のことわざ）。

障害者と生涯運営計画

障害者はたいして社会の役に立たないのだから、税金を使って援助する必要はない、できるだけ早く社会から消えてくれたほうがよい。こうした考えは、一般の人々の心の中に「本音として」存在しているかもしれない。

仮にそうだとしたら、それに対する答えは以下のものである。誰でも障害者になる可能性がある。もしそうなったら、いかに振る舞うのか。

僕の周囲を見渡しても、障害者はいたるところに住んでいる。近所では、Hさんが車いすの生活であり、Mさんは脳溢血を患い、Tさんは杖にすがってようやく歩いている。

こうした状態でも生産性を維持するにはどうするか。限りなくゼロに近い地点まで落ちたと仮定し、そこから少しでも這い上がることができれば良しとしようか。できる範囲で、ちょっと工夫をし、より良い生き方を示してゆくしかない。それが、ひいては、健常者に生きる上で何らかのヒントを与えるかもしれない。

そこで、障害者を含め、誰にとっても生涯運営計画は大切なことである。

生涯運営計画とは、『非営利組織の運営』など、ドラッカーの著作にも言及されるように、物事の全体像を描き、それを日々具体化してゆく生き方である。

あるいは、著名な文化人類学者であるアシュレイ・モンタギューが説く「人生を全体的に眺めよ、あとは成すべきことを日々の仕事に振り分けてゆけばよいのだ」(『ものの見方』)という思想である。

さらに、ヴィクトール・フランクルは、「死の床から人生を振り返る」ことを『夜と霧』で述べているが、これも生涯運営計画にかかわることだろう。仮に死の床から人生を振り返るなら、今日一日を大きな痛みもなく仕事に打ち込めることは、なんという幸せだろうか。感謝の気持ち無くしては一日たりとも過ごせない。

ユダヤ教においては、人は戒律に従って日々の生活を運営し、この世を去るにあたって、最後の審判を受けるが、そこでは、この世における善行と悪業が秤にかけられ、天国か地獄かが決定されるという(『ユダヤ教案内』)。こうした宗教に従えば、ユダヤ人は生涯運営計画を必然的にたてるようになるのではないか。

物事を効率的に運営してゆくためには、可能な限り全体を見なければならない。人生を効率的に運営してゆくためには、したがって、生涯を見なければならない。生涯運営計画が必要となってくるわけである。

人の生涯において入学、卒業、就職、結婚、育児、定年などは、重要な節目である。それらの節目に対して、前もって目安を立て準備することは、大切な生涯運営計画の一環である。たとえば、女性にとって、結婚や育児を経て、自分の職業を継続してゆくことは、かなり高いハードルを越えて行くことになるかもしれない。育児が一段落した後でも、女性にとってまだ何十年という人生が残っている。その人生をいかに運営してゆくのか。ベティ・フリーダンが、『新しい女性の創造』で述べ、斎藤茂男が『妻たちの秋思期』で論じた、郊外に住み、豊かな電化製品に囲まれていても生涯にかける夢もなく空しく生きる女性の問題を、いかに解決してゆくのか。これらに対処するためにも生涯運営計画の大切な役割があると思える。

人は二十代の前後で「こんな風に生きたい」と考える時期があるのではないか。生涯の目標を立てて働きたい、ということもあろう。元気で働けるとしたら、七十〜八十歳くらいまでかもしれない。五十〜六十年ほどの労働期間を、いかに目安を持って過ごしてゆくのか。

また、年齢によって生涯運営計画は、異なってこよう。若い頃は、生涯このくらいの達成をと夢見るが、ある程度の人生体験を経た人の達成計画は、異なってくるものであろう。しかし、いずれにせよ、生涯を大きくとらえてその達成目標をファイルしてゆくことは大切である。人生の紆余曲折の過程で、ある時は思いがけない幸運によって、目標が促進されるかもしれないし、また、ある時は予期せぬ難病に侵され、目標が頓挫するかもしれないが、その時は、計画を修正し、優先事項を再検討し、時間配分を直してゆけばよいのである。生涯運営計画を折に触れて見直すことで、自分の立ち位置や、優先事項への時間配分も確認できよう。長い目で生涯運営計画を眺めることは、目安を持ち、時間管理をし、日々を充足することを可能にする。

江戸時代を描く池波正太郎さんが述べるように、「人は、生まれ出た瞬間から、死へ向かって歩み始める」(『男の作法』、『武士の紋章』、『日曜日の万年筆』)のであるから、この避けられない事実を折に触れて心にとどめ、日々を充実させてゆかなければ、人生はいたずらに空転してしまう。

そこで人は生涯運営計画を築くにあたって、「経営者の心得」を維持することが大切であろう。たとえ、組織の末端にいても、経営者の心得を持つことは望ましい。守衛をしていても、経営者の心得を持って仕事に当たることで違いが生まれ、外部よりの訪問者は、そうした守衛の態度を見て、その職場の印象を改めるかもしれない。

また、人は、一家の主人や主婦になるにせよ、あるいは結婚、育児、介護においても、経営者の心得を持つことは大切である。それなくしては、生涯の運営を首尾よく果たせないだろう。

変化の多い時代であるからこそ、目安を持っていないと、ただ流されてしまう。目安を持つことによって、人生の災難に際しても、心が折れず、緊張を維持し、存続してゆくことが可能になるのである。

さて、人生の目安に加えて、ドラッカーも述べているように、「仕事以外の真剣な趣味」

を持つことは、生涯運営計画に必要である。

たとえば、仕事以外の真剣な趣味として、歌うことを取り上げてみよう。日々、着替えのたびに、カラオケの要領で歌うとしよう。このように簡単な日々の習慣でさえ、それを生涯運営計画に位置づけるとき、大きな違いを生むのではないか。

ボブ・バフォードは『最期を飾る』で多くの事例を挙げているが、六十代における定年後の人生設計は、四十代～五十代から具体的に始めておくべきである。退職してからでは遅いのである。人類史において未曾有である平均寿命の延びは、それ自体は恵みかもしれないが、バフォードも指摘しているように、その準備や対応を怠ると、必ずしも幸福をもたらさない。

ちなみに、池波正太郎さんの作品（『ないしょないしょ』、『鬼平犯科帳十五　雲竜剣』、『武士の紋章』、『黒幕』など）には、人生の最期を飾る多くの味わい深い描写が見られる。池波さんは、生涯の運営計画に深い関心を抱いていたのだろう。

また、ドラッカーは、経営相談、教育、執筆という関連三領域が豊かに響き合う人生を送り、九十五歳の長い人生を最期まで飾ったのだ。

最期を飾るためには、心身の健康が重要だが、僕の場合、残念ながら、慢性腎不全のために、この点は致し方ない。何とか大きな痛みもなく仕事のできる日々が続くことを願うばかりである。

定年退職後に、非営利組織での奉仕活動など、新たな領域を開拓し、老いてゆく心身に光をともす生き方も有益だろう。他者のために奉仕する、社会に役立つ、そこに違いを生み出す。このような行為が、生き甲斐を感じさせ、生命の輝きを増すのだ。そこでは職場とは異なる多様な人生に触れ、新たな自己や価値観の発見があるかもしれない。このような非営利組織における退職者の奉仕活動は、巨大組織である政府の手の行き届かない領域で社会の円滑な運営を助けるだろう。

平均寿命の伸長に伴って、定年を延長し、老いても働ける人は、引き続き心身を活用すべきである。それでこそ平均寿命が伸びた意味がある。単に呼吸をして生きながらえるのでは、さしたる意味はない。長く働き、ある日、眠るように世を去ることができれば、それは最期を飾る姿として理想である。

各人がいかなる分野であれ、それぞれ熱中できる対象に没頭し、ある程度の満足感を抱いて人生を終えることができれば、それだけでユダヤ教のミッションである「現世の修復」は、一歩ずつ達成されてゆく。

楽しい透析

人は、自分が熱中できる仕事に楽しく打ち込む。それが大切な基本である。名声や富や権力は二の次である。それは、楽しく仕事をした結果として、もたらされる場合もあろうし、得られないこともあろう。いずれにせよ、自分が日々の仕事を楽しむことが先決である。

よく思う。野球にせよ、相撲にせよ、音楽にせよ、その他の領域にせよ、その頂上を目指す人は多いだろうが、その中で成功し脚光を浴びる者は、ほんの一握りに過ぎない。二軍や三軍で終わる人、幕下や序二段で終わる人はどうなるのか？　ヒットが出ない歌手はどうなるのか？　彼らの努力は報われるのか？

それぞれ厳しい世界であるから、ある意味で、この状況は致し方ない。では、ここに救いはないのか？　あるとしたら、それは好きで選んだ仕事を楽しむ態度だろう。成功の有無にかかわらず、倒れるまで、好きな仕事を楽しんだ、という満足感である。

池波正太郎さんは言う。「直木賞を目指していて、それに落ちてしまうと、がっくりきて、二年ほど書けなくなってしまう。そのようにして、せっかく才能を持った人がダメになっていった」と。直木賞を目指すこと自体は間違いでないと思うが、あくまでそれは、仕事を楽しんだ結果として与えられるものだろう。最優先事項は、自分の仕事を楽しむことなのだ。楽しむ態度が一貫していれば、受賞の有無にかかわりなく、仕事を継続できるだろう。現に、池波さんは、五回も直木賞に落ちていながら、落ちたその日から平気で仕事を楽しんでいたという。結果は、あの驚くべき優れた作品数である。

さて、透析はめちゃくちゃに楽しいわけではないが、少なくとも僕は比較的楽しく治療を受けている。

何事もそうだが、物事は楽しくなければ続かない。もっとも、透析は継続しなければ、生命にかかわるのだから、やむを得ないともいえる。それでも、できれば楽しく透析を受けたいものである。僕は、少なくとも、「今日の透析でユダヤ研究のこの部分をやるぞ」と目安を持って臨み、終われば、「ささやかだけど、今回こういう成果があったね」と喜んでいるので、「透析は楽しい」と言えるのだろう。別に負け惜しみではない。

透析患者の中には、病状が異なる老若男女がいるだろうが、各自ができる範囲で何か生産的なことを楽しんだらどうだろうか。肉体と精神は大いに関係しているので、病気と闘う上でも、生産的な行為をしていたほうがいいだろう。病院側もそうした方向を援助するよう施設を検討していただければありがたい。一様にテレビを配置する制度はおかしいのではないか。

患者は、何か目標に向かって毎日少しずつでも前進していることが望ましいだろう。これは長期にわたって精神的な張りを要することだが、おそらくそのことは肉体的な抵抗力を維持し、難病と闘ううえで有益だろう。精神的な緊張は、勇気や希望を維持させるものだ。勇気や希望が無くなると、肉体も免疫を失って、がたがたと崩れてしまうのではないか。

人は希望を抱き、目安を持ち、目的意識を確立してこそ、うまく機能でき、行動に継続性も得られるのだろう。

目標というのは、僕の場合、論文を書くことである。そのために、いろいろ参考文献を読み、メモを取り、感想を記録しておく。それが集まって、エッセイや論文になり、それがさらに編集され、本にまとまってゆくわけである。この仕事は、長期にわたって精神の緊張を要することだが、前述したように、それは難病と闘う者にとって、精神的にも肉体的にも良い影響を及ぼすものだろう。

僕にとって、片手でパソコンを操作し論文の執筆や推敲をすることは楽しい。僕は数編の論文を交互に書いているので、透析時間はその意味で貴重である。

なぜ数編を交互に書くかと言うと、それは僕の性格にかかわりがある。優先事項に沿って日々の生活を営もうとしているのだが、ややもすれば安易なほうに移ってしまう。重要なことはなぜか億劫になって、後回しになってしまう。僕にとって論文執筆は、重要事項である。そこで、それが後回しにならないように、数編を交互に書いていれば、そのいずれかをやるだろうと思ったのである。

結果は、やはり、容易な論文から始め、難しく思える論文は最後になってしまう。しかし、それでもとにかく毎日何らかの論文を執筆しているのである。毎日数行ずつでも書いていれば、一ヶ月にある程度はたまってゆく。そこで、気が付いたら締め切り前に数編の論文がほとんど書き終わっていた、ということになるのである。

こうした活動をしていることで、四時間という長い透析がそれなりに楽しく過ぎ去ってゆく。そして、気持ちの張りがあることは、透析ベッドの上ばかりでなく、生活全体にも及ぶ。けっこう生活全般でてきぱきと行動できているような気がする。

要するに、読み書きを交互に繰り返し、透析時間を楽しく過ごしているわけである。僕のこれまでの人生に照らして、このようなことしかできないが、全国の透析患者を見まわしたなら、いろいろ独自な工夫で透析時間を活用していることだろう。

是非そのような具体例を知りたいものだ。

最期を飾る

ボブ・バフォードの『最期を飾る』は、六十名の優れた人物にインタビューし、彼らが第二の人生をいかに運営したか、をまとめた記録である。バフォードは、ドラッカーに強い影響を受け、彼を人生の師と仰いでいる。

バフォードによれば、一九二〇年代に、人の労働年数はせいぜい二十年であったという。それが二十一世紀の今日、五十～六十年にも伸びたことは珍しくない。実際、僕自身も、十八歳で郵便局に就職し、在日米軍基地に勤め、それから大学で教鞭をとったことを含めると、五十年を超える労働年数である。今後、労働年数や平均寿命はさらに延びるであろうか。こうした時代に生を受け、働けることは誠に幸いである。仮に、三十～四十年前であったなら、透析機械や保険制度の不備によって、おそらく生きていられなかっただろう。感謝の念に堪えない。僕は、毎朝、「今日もさしたる痛みもなく仕事をできることを、深く感謝いたします」と祈りをささげてから、机に向かっている。

ところで、誰にとっても、最期を飾ることは大変だろう。ただし、それも定年退職以前からの心がけ次第で、ある程度まで達成できるのではないか。

バフォードは、六十歳を定年とする場合、その準備を四十〜五十代から始めるべきだと提言している。僕もそれに賛成である。僕も退職するかなり以前よりその準備を具体的に始めていた。たとえば、研究室の本を順次減らしてゆき、おかげで、一挙に大量の本を整理することで腰痛にかかるのを免れた。また、「退職者の言葉」を『学報』に書くことになっていたが、その原稿を退職する八年前に書いておいた。そして、数編の論文を途中まで執筆しておいたので、退職した翌日から円滑に研究を継続できた。仮に退職した翌日、「さて、論文を書くか。そのテーマは？」とやっていたのでは、手間取っていたことだろう。こうした具体的な準備に心を砕いたのは、退職前後の慌ただしさによって、仕事のペースや体調を崩すことを恐れたためである。

中野孝次さんも『五十歳からの生き方』で述べているが、定年退職後は、自分が本当にやりたいことに軸足を移してゆくべきだろう。長きにわたって仕事に忙殺され、ようやくある程度の自由を得たのだから、その時間を自分が熱中できることに注がなかったらもったいない。

バフォードも言う、人が最期を飾るためには、自分の核やすそ野を強化しながら、好きで熱中できることに打ち込み、楽しく生きることである、と。

そこで僕は思う。難病に侵されてからの人生、老いに至ってからの人生をいかに過ごすか、その質をいかに上げてゆくか。これは最期を飾る意味で本当に大切だろう、と。

そのために透析時間を活用できると思う。そのために透析時間が確保されているのだと考える。

たとえば、透析時間を使って、読み応えのある本をじっくり楽しむことができるだろう。本は慌ただしく読んで、ハイ、終わり、と言うものではない。これはと思う本は、何回でも読まなければならない。繰り返し読むことによって、新たな解釈も生まれるし、新たな状況によって新たな解釈も出てくる。読んで感銘を受け、下線を引いた箇所や、感想を挿入した箇所を、透析ベッドでじっくり読み返し、それについてさらに考えることも有益だろう。人は、人生の経験を積むほど、本を理解でき、味わえるものである。透析ベッドは、そのための絶好の場所であり、それを活用しないのは、誠にもったいない。

読書に加え、音楽や将棋や短歌などであっても、同様に透析ベッドを活用できるだろう。

最期を飾るための営みは今日も続く。

あとがき

ノーベル文学賞を受賞したユダヤ系アメリカ作家のアイザック・バシェヴィス・シンガーは言う、「自分にしか書けないと思う内容を綴ってゆくのだ」と。彼は、寝床の中で構想を練り、起床すると、着古したパジャマのまま、執筆に没頭したという。そして、午後は、カフェに出かけ、ホロコースト生存者を含めた興味深い人々と語り合い、作品の素材を求めていたらしい。

僕は、逆立ちしてもシンガーにはなれないが、せめてその執筆態度のいくばくかを真似しようと思う。

本書は、透析患者となったユダヤ研究者の思いを綴ったものである。また、定年退職し、老いてゆく身で、いかに生きるかを模索したものである。

透析生活に入ってから、僕は自分の折々の気持ちを書かないではいられなかった。書くことによって、気持ちを整理したかったのだ。そうしないと、自分がバラバラになってしまうような恐怖を感じたのである。

また、書くことは、在日米軍基地で働いていた当時の反省でもある。せっかく知的刺激の豊かな異文化の状況にいたのだから、毎日課題を決め、英語でなり日本語でなり、文章をまとめておくべきであったのに、自分に甘く、それができなかった。

ところで、現在、こうした文章を書いているのは、それが楽しいからであるが、実際、何事も楽しくなければ継続できない。

ただし、こうした本をまとめても、それが読まれるとは限らない。読者数は極めて限られたものになるかもしれない。

ただ、これは二十年前のことだが、その頃出した本が、どのような経路をたどったものか、何とイスラエルの図書館に入り、そこで日本語のわかるイスラエルの方が読んでくださり、日本語で感想を送ってくださったので、僕も日本語で返事を差し上げたことがある。

と言うわけで、いつ、どこで、どなたが読んでくださるかわからないが、これが本の面白いところだろう。

いずれにせよ、僕自身は楽しく書いたので、後で読み返したとき、少なくとも自分で楽しく思えるものでありたい。それに、もしかしたら、僕の子どもたちや孫たちがいつか読んでくれるかもしれない。

ところで、人は誰しも死に向かって歩いているが、普段そのことをあまり意識しないだろう。その点、透析によって死を身近に感じ、それによって時間の質を向上させ、日々を大切に生きようと感じてきたことはよかった。そのせいか、透析以前より少しは生産的になったようだ。

また、ユダヤ研究をしていると、ユダヤ人は差別と迫害の歴史を潜りながら、マイナス状況をプラスに転化しようと奮闘してきたことが分かる。彼らが経験したホロコーストと比較するなら、透析は一種の極限状況であっても、その程度は軽い。しかし、その中でユダヤ人のように、マイナスをプラスに転化しようと努めてきたことは、ユダヤ研究より学んだことを応用する機会となったわけで、研究に感謝している。

また、経営学部で三十七年間教鞭をとったことは闘病に役立った。と言うのは、経営学とは、組織の効率的な運営と共に、個人の生涯をいかに営むかという課題にも関わることだろう。そこで、難病と向き合いながら生活を具体化するという課題が応用として与えられたわけである。経営学部の空気を吸い、同僚の著作より学び、組織や自己の運営を考えてきたことは、闘病生活にも役立ったわけであり、職場に感謝している。

定年退職し、以前にもまして自己に向き合わざるを得なくなった。難病を抱えた身であるから、現世に別れを告げる日が遠からず来るだろう。せめてそれまでできるだけ楽しく生きよう。

僕にとって楽しく生きるとは、ユダヤ研究や歌やささやかな福祉活動を楽しむことである。ユダヤ研究・歌・福祉活動の合間に、この本を書いていることは楽しかった。

難病と闘う人たちに、また、人生で誰にでも起こりうる障害に対応するために、少しでも多くの方に、読んでいただけたら幸いである。

本書を読んでくださった方が一人でもおられ、逆境にもかかわらず、ちょっと工夫をされ、より生産的な生活に踏み出してゆかれるなら、それだけ現世は修復されてゆく。

本書の出版を快諾された大阪教育図書の横山哲彌社長、そして本書の内容を細かく検討され、体裁の統一などの複雑な仕事を効率よくこなしてくださった編集スタッフの皆さんに心よりお礼を申し上げたい。

二〇一七年十二月

著者紹介

佐川 和茂（さがわ・かずしげ） 一九四八年千葉県生まれ。青山学院大学名誉教授。

著書に『文学で読むユダヤ人の歴史と職業』（彩流社、2015年）、『ホロコーストの影を生きて』（三交社、2009年）、『ユダヤ人の社会と文化』（大阪教育図書、2009年）。共編著書に『ホロコーストとユーモア精神』（彩流社、2016年）、『ユダヤ系文学と「結婚」』（彩流社、2015年）、『ユダヤ系文学に見る教育の光と影』（大阪教育図書、2014年）、『ゴーレムの表象——ユダヤ文学・アニメ・映像』（南雲堂、2013年）、『笑いとユーモアのユダヤ文学』（南雲堂、2012年）、『ユダヤ系文学の歴史と現在——女性作家、男性作家の視点から』（大阪教育図書、2009年）、『ソール・ベロー研究——人間像と生き方の探求』（大阪教育図書、2007年）など。

『楽しい透析　ユダヤ研究者が透析患者になったら』

2018年6月25日　初版第1刷発行
著　者　　佐川 和茂
発行者　　横山 哲彌
印刷所　　西濃印刷株式会社

発行所　大阪教育図書株式会社
〒530-0055　大阪市北区野崎町1-25
TEL　06-6361-5936
FAX　06-6361-5819
振替　00940-1-115500
email=daikyopb@osk4.3web.ne.jp

ISBN978-4-271-90010-8 C0195 落丁・乱丁本はお取り替えいたします。